CW01072632

Didier Jules Berna

Magnétisme animal

Examen et réfutation du rapport fait par M. E. F. Dubois, à l'Académie Royale de Médecine, le 8 août 1837, sur le magnétisme animal

Didier Jules Berna

Magnétisme animal

Examen et réfutation du rapport fait par M. E. F. Dubois, à l'Académie Royale de Médecine, le 8 août 1837, sur le magnétisme animal

Réimpression inchangée de l'édition originale de 1838.

1ère édition 2024 | ISBN: 978-3-38509-262-4

Verlag (Éditeur): Outlook Verlag GmbH, Zeilweg 44, 60439 Frankfurt, Deutschland
Vertretungsberechtigt (Représentant autorisé): E. Roepke, Zeilweg 44, 60439 Frankfurt, Deutschland
Druck (Imprimerie): Libri Plureos GmbH, Friedensallee 273, 22763 Hamburg, Deutschland

EXAMEN

ET

RÉFUTATION DU RAPPORT

FAIT PAR M. E.-F. DUBOIS (D'AMIENS),

A L'ACADÉMIE ROYALE DE MÉDECINE, LE 8 AOUT 1837,

SUR LE MAGNÉTISME ANIMAL.

IMPRIMERIE DE Mme HUZARD (NÉE VALLAT LA CHAPELLE),
rue de l'Éperon, n° 7. — Mai 1838.

MAGNÉTISME

ANIMAL.

EXAMEN ET RÉFUTATION

DU RAPPORT

FAIT PAR M. E.-F. DUBOIS (D'AMIENS),

A L'ACADÉMIE ROYALE DE MÉDECINE , LE 8 AOUT 1837 ,

SUR LE MAGNÉTISME ANIMAL;

PAR D.-J. BERNA,

DOCTEUR EN MÉDECINE.

> Donnez-moi une ligne la plus
> indifférente de la main d'un
> homme, et j'y trouverai de quoi
> le faire pendre.
>
> LAUBARDEMONT.

PARIS,

LIBRAIRIE DES SCIENCES MÉDICALES

DE JUST ROUVIER ET E. LE BOUVIER,

8 , RUE DE L'ÉCOLE DE MÉDECINE.

1838.

EXAMEN

ET

RÉFUTATION DU RAPPORT

FAIT PAR M. E.-F. DUBOIS (D'AMIENS),

A L'ACADÉMIE ROYALE DE MÉDECINE, LE 8 AOUT 1837,

SUR

LE MAGNÉTISME ANIMAL.

AVERTISSEMENT.

Au mois de février 1837, l'Académie royale de médecine, sur ma proposition, nomma des commissaires pour observer des somnambules magnétiques dont je disposais alors. Les commissaires, par des raisons qu'on saura, ne virent que quelques uns des faits destinés à leur examen, et en firent un rapport qu'ils publièrent dans le mois d'août de la même année. Les pages qui vont suivre sont la réfutation de ce rapport (1).

Aussitôt que celui-ci eut paru, j'écrivis à l'Académie en ces termes :

« Je proteste devant l'Académie contre le rapport qu'elle a entendu tout récemment sur le magnétisme

---

(1) Cette réfutation s'adresse au rapport tel qu'il a été lu devant l'Académie. Les feuilles médicales et politiques n'en ayant donné qu'un extrait, on ne devra pas s'étonner si l'on n'y trouve point tous les passages du rapport que j'aurai besoin de rappeler.

animal. Je reproche à ce rapport de défigurer les faits qu'il mentionne, de taire les plus importants, de dissimuler la véritable conduite de la Commission, de représenter celle-ci comme imaginant et moi comme repoussant des mesures dont j'avais fait, au contraire et le premier, mes conditions essentielles ; j'accuse enfin ce rapport d'être un tissu d'insinuations et d'artifices qui ont pour conclusion implicite que j'ai voulu tromper l'Académie.

» Je déclare que les expériences dont la Commission a été témoin ne sont que le commencement de celles que je me proposais de faire sous ses yeux. Je déclare sur l'honneur que je n'ai renoncé à lui en montrer davantage que parce qu'elle a constamment violé l'engagement qu'elle avait pris de se conformer à mon programme et principalement à la condition, bien débattue, il est vrai, mais aussi bien formellement acceptée, de rédiger, lire et rectifier les procès-verbaux, séance tenante.

» La nécessité où je me trouve de faire à l'instant même cette protestation ne me permet pas de plus longs développements ; mais j'adresserai bientôt à l'Académie une réfutation complète qui sera appuyée sur des pièces irrécusables, sur les termes mêmes du rapport, sur certains aveux qu'il renferme, sur la nature de la conviction que les commissaires ont apportée à leur mission et sur l'impuissance de tant d'adresse, d'aussi nombreuses infidélités à édifier autre chose qu'un soupçon fugitif. »

C'est ainsi que je protestais, il y a huit mois, et cependant c'est aujourd'hui seulement que ma réfuta-

tion paraît. J'ai perdu les avantages de l'à-propos ; j'en
conviens ; l'attention du public ne se réveillera pas facilement sur l'équité de la Commission à mon égard ; il
sera peu disposé à rapprendre mes expériences pour le
plaisir de me rendre justice. Puisque des circonstances
propres à ma position (1) m'ont forcé de garder le silence, je ne songerais peut-être pas maintenant à le
rompre si je n'y avais qu'un intérêt personnel ; mais
celui de la science, celui de la grande vérité que je
défends, s'y rattache : parler est donc encore un devoir
pour moi.

Chap. Ier. *Proposition à l'Académie de lui*
soumettre des faits magnétiques.

Dans le courant de novembre 1837, M. le docteur
Oudet vit chez M. Hamard, mon ami, un de ces faits
d'insensibilité que présente souvent le somnambulisme
magnétique. Il fut frappé de ce fait, et ne le fut pas
moins, a-t-il dit plus tard, du peu d'importance qu'y
attachait celui qui l'avait produit. Il pria M. Hamard
d'en faire l'objet d'une note qu'il désirait conserver ;
cette note lui fut remise, et, peu de jours après, il de-
manda et obtint d'en user comme il lui plairait.

Quelque temps après, on lisait, dans le *Journal de*
médecine et de chirurgie pratique, ce qui suit :

(1) Je ne crois pas nécessaire de faire part au public de détails
qui ne sauraient l'intéresser. Tout le monde comprendra, d'ailleurs, que des contrariétés imprévues, que des obstacles *continus*
et *invincibles* ont pu seuls retarder aussi longtemps une réponse
que l'intérêt de la vérité et le soin de ma propre réputation me
commandaient de ne pas différer.

« Ayant entendu parler d'un fait fort curieux de magnétisme animal observé par deux honorables médecins de Paris, nous avons obtenu de l'un d'eux, notre digne confrère le docteur Oudet, les détails suivants, bien propres à piquer la curiosité de nos lecteurs. L'observation qu'on va lire a été rédigée par M. le docteur Hamard, médecin ordinaire de la malade.

» Madame B... a vingt-cinq ans et un caractère très
» impressionnable ; elle appréhende vivement la moin-
» dre douleur et souffre de l'action de causes à peine
» appréciables pour d'autres : c'est ainsi qu'elle ne peut
» pas entendre craquer les doigts de quelqu'un sans
» éprouver des palpitations et une sorte de défaillance.

» Plusieurs fois j'avais produit en elle le somnam-
» bulisme et constaté son insensibilité dans cet état,
» quand, le 6 septembre dernier (1), elle se plaignit à
» moi d'un mal de dents qui, disait-elle, la torturait
» depuis quelques jours. L'extraction de la dent malade
» était l'unique remède à ses souffrances ; mais l'idée
» d'une opération la-tourmentait au point qu'elle en
» éprouvait presque des convulsions. Je la conduisis à
» M. le docteur Oudet qui, étant prévenu de l'état
» particulier de cette dame, la rassura sur la nécessité
» qu'elle redoutait ; et je convins secrètement avec mon
» confrère qu'il la trouverait chez moi en somnam-
» bulisme.

» Le 14 novembre, à l'heure indiquée, M. Oudet la
» vit paisiblement assise dans un fauteuil et livrée de-

(1) Il y a erreur dans le journal, lisez le 6 novembre.

» puis une heure au sommeil magnétique. Pour explorer
» la sensibilité, je la piquai fortement et à plusieurs
» reprises avec une épingle; je lui plongeai un doigt pen-
» dant quelques secondes dans la flamme d'une chan-
» delle : elle ne donna absolument aucun signe de dou-
» leur. Durant ces épreuves, Mme B... répondait à mes
» questions avec l'indolence ordinaire à son état.
» M. Oudet déplia sa trousse; le cliquetis de ses instru-
» ments ne parut causer aucune sensation. Ma somnam-
» bule se croyait seule avec moi; je la priai de me laisser
» voir sa dent malade (c'était une grosse molaire); elle
» ouvrit la bouche sans défiance en disant : *Elle ne me*
» *fait plus de mal.* M. Oudet plaça son instrument. Au mo-
» ment de l'avulsion, la tête sembla fuir un peu la main
» de l'opérateur, et nous entendîmes un léger cri. Ces
» deux signes eurent la rapidité de l'éclair. Le pouls de
» la patiente était calme; son visage n'indiquait pas la
» moindre émotion, ses mains étaient demeurées im-
» mobiles sur ses genoux. Je me hâtai de lui adresser
» cette question : « Avez-vous souffert? » elle répondit
» tranquillement : « *Pourquoi souffrir?* » Elle ignorait
» ce qu'on venait de faire. Je lui offris un verre d'eau,
» en l'engageant à se laver le bouche : elle ne comprit
» pas ma recommandation, ne but ni ne cracha.

» Pendant une demi-heure que je prolongeai encore
» son sommeil, je la fis beaucoup parler, mais je ne
» pus découvrir en elle aucune marque de douleur.
» Éveillée, elle ne se douta de rien et ne se plaignit
» point d'abord. Vingt minutes après, elle porta la main
» à sa joue en disant : « *Voilà ma dent qui va recom-*

» *mencer à me tourmenter* (1)! » Je lui appris enfin, et
» à sa grande satisfaction, ce que j'avais fait pour lui
» épargner des terreurs et de la souffrance. »

Venaient ensuite des réflexions de M. Oudet sur les
avantages que son art pourrait tirer du magnétisme
animal.

Cette relation fut reproduite par le *Constitutionnel*,
le *Messager* et plusieurs autres journaux. M. Hamard
demeura étranger à cette publicité.

L'Académie de médecine, depuis longtemps déjà,
n'avait donné des marques de son antipathie contre le
magnétisme. Dans sa séance du 24 janvier 1837,
M. Capuron interpella hautement M. Oudet pour lui
demander des détails sur le fait mentionné plus haut.
M. Oudet hésita s'il répondrait; enfin, sur les instances
d'un grand nombre de ses collègues, il raconta ce qu'on
vient de lire.

Ce récit fut accueilli avec une incrédulité passion-
née. Tous les membres qui parlèrent sur ce sujet étaient
persuadés que leur confrère avait été dupe d'un
charlatan ; ils le lui affirmèrent : nul doute n'était
permis ; on eût pensé, à les entendre, que tout le
monde avait vu le fait, excepté M. Oudet ; puis la salle
retentit de ces mots classiques sur la matière : *jongleurs,*
thaumaturges, prestidigitateurs. M. Roux déclara d'un
ton véhément « *qu'il en fallait finir avec le magnétisme,*
» *et que le fait mentionné ne devait sortir de l'enceinte*
» *académique qu'avec toute la charge d'imposture qui*

(1) Le même fait s'est passé en 1819, chez M. Martoret, dentiste,
en présence de M. de Las Cases. (*Voy.* l'HERMÈS, t, I, p. 143.)

» *l'entourait.* » M. Moreau, comme pour donner la mesure de raison renfermée dans ces propos, avança sur la somnambule opérée d'un sein, le 12 avril 1829, une foule d'assertions qui furent démenties par M. Jules Cloquet (1).

Vivement affligé d'un jugement aussi inique qu'outrageux porté, au sein de l'Académie, contre un médecin dont je connais toute la probité, mon premier mouvement fut d'offrir à cette Société savante des faits que j'avais alors sous les yeux. Le 14 février, elle prit connaissance de ma lettre ainsi conçue :

« Monsieur le président,

» Malgré le rapport de la Commission de 1826, et ses conclusions unanimement favorables au magnétisme, l'Académie se trouve encore divisée sur cette importante question.

» Une telle divergence d'opinions entre des hommes également éclairés se conçoit sans peine : les uns ont vu, ce sont ceux qui croient ; les autres n'ont point vu, ce sont ceux qui nient ; pour ceux-ci, l'autorité n'est rien en pareille matière, ils ne veulent s'en rapporter qu'au témoignage de leurs propres sens.

» Cette expérience personnelle, je viens la leur offrir, monsieur le président, Je propose de faire voir sur des

---

(1) La malade opérée par M. Cloquet, disait M. Moreau, était une *farceuse* comme celle à laquelle on vient d'arracher une dent sans douleur. Veut-on nous faire croire, sans discussion, qu'un chameau peut passer à travers le trou d'une aiguille ? s'écriait M. Bouillaud. Qu'on magnétise donc l'Académie tout entière, disait un autre membre, etc.

personnes, que j'ai actuellement à ma disposition, des faits concluants en faveur du magnétisme. Ce moyen me semble plus rapide et plus sûr que celui qui consisterait à magnétiser successivement plusieurs membres de l'Académie, comme on a proposé de le faire.

» Ma croyance au magnétisme n'est point le fruit de l'enthousiasme ou d'un examen superficiel, mais de plusieurs années d'expériences et de méditation. Convaincu d'ailleurs que ces faits, quelque merveilleux qu'ils paraissent d'abord, n'ont rien, lorsqu'on y réfléchit, de contradictoire à la physiologie bien comprise, qu'ils viennent l'éclairer au contraire et fournir à la thérapeutique de précieuses ressources, j'ai pensé qu'en appelant sur eux l'attention des médecins, dans un cours public, je servirais la science, la médecine, et je ne crois pas moins les servir encore aujourd'hui en offrant à l'Académie les moyens de s'éclairer de nouveau sur ce sujet, si elle le juge convenable.

» J'ai l'honneur, etc. »

CHAP. II. *L'Académie accepte ; ses commissaires et leurs dispositions.*

L'Académie, après une courte délibération, consentit à connaître mes expériences ; à cette fin, et dans la même séance, elle désigna pour commissaires MM. Roux, Bouillaud, Hippolyte Cloquet, Emery, Oudet et Dubois (d'Amiens). Dans la séance suivante, MM. Cornac, Pelletier et Caventou, sur leur demande, furent adjoints aux membres susnommés. L'élection des six premiers, toute spontanée de la part de l'Aca-

démie, est un nouveau trait qui décèle l'esprit dont
cette compagnie (1) était animée. En effet, de ces six
membres, quatre s'étaient depuis longtemps, et tout récemment encore, prononcés avec violence contre le
magnétisme. Quant à M. Oudet, il n'avait été désigné
que pour aller à leur école, et s'édifier de leur
exemple; nul ne supposait qu'il eût jamais l'envie de
publier un rapport contradictoire à l'instar de M. de
Jussieu. Pour M. Hippolyte, ses collègues savent combien ses goûts l'éloignent d'une opposition militante
quelconque; M. Cornac, si M. Husson ne se trompe,
fut un renfort pour MM. Dubois et Bouillaud;
MM. Pelletier et Caventou, mus par une vague curiosité
qu'ils ne prétendaient pas faire tirer à conséquence,
devinrent les assesseurs bénévoles des cinq esprits
forts de la Commission.

Tout le monde connaît M. Bouillaud et son aversion
pour le magnétisme; on se rappelle peut-être qu'il s'est
fait l'historien de cette découverte dans un dictionnaire
de médecine, et qu'il a eu le courage de remplir qua-
rante-cinq pages in-8° de plaisanteries de tous les alois sur
ce qui lui semble *les ridicules, les absurdités, les extra-
vagances, les tours de passe-passe magnétiques.*

Certains lecteurs, sans doute, ignorent assez le personnel de l'Académie pour croire qu'elle était dans

---

(1) Ou plutôt son président, M. Renauldin, car ce fut lui seul qui
désigna les commissaires, et le choix qu'il en fit est tout à fait con-
forme à son opinion sur le magnétisme. Dans la discussion qui eut
lieu en 1825, à l'Académie, pour savoir si l'on examinerait de
nouveau le magnétisme, M. Renauldin vota contre, par la raison
*que le magnétisme animal était une bêtise, et que l'Académie ne
devait pas s'occuper de bêtises.*

l'impuissance de mieux composer sa Commission ; qu'ils se détrompent : ce corps illustre renferme des opinions de toutes les nuances sur la grande question qui nous occupe. Il lui était infiniment aisé de la soumettre à des hommes libres d'idées préconçues, en même temps que doués d'une critique judicieuse. Plusieurs académiciens ont vu des faits probants et leur ont rendu publiquement témoignage. D'autres, secrètement persuadés, hésitent d'avouer une conviction si constamment calomniée ; d'autres, enfin, soupçonnent ces paradoxes magnétiques de cacher une importante vérité. Ces trois sortes de dispositions semblent appartenir à une portion assez forte de l'Académie ; du moins, je l'infère de ce qui suit. Lors de la lecture des conclusions du rapport, on crut un instant que M. Dubois enveloppait dans la même réprobation et mes expériences et le magnétisme en général. On s'éleva vivement de toutes parts contre cette confusion, et le rapporteur fut obligé de déclarer qu'il n'entendait pas dans son travail porter atteinte au magnétisme animal (1).

Ce ne fut donc pas d'après un vœu unanime, mais d'après le vœu de la majorité que se forma la Commis-

(1) C'est le cas de rappeler ici que l'honorable M. Husson, séparant M. Dubois de ses collègues, et le prenant seul à partie, taxa hautement son œuvre de partialité, d'infidélité, et s'éleva, avec une juste indignation, contre sa forme injurieuse et son ton inconvenant. L'Académie rendit, quoique d'une manière moins explicite, la même justice au travail de M. Dubois ; car de tout son rapport elle ne voulut adopter que la conclusion.

sion-Dubois. Examinons plus attentivement ce jury scientifique.

Il est un principe fondamental d'équité : c'est que NUL NE DOIT AVOIR SES ACCUSATEURS POUR JUGES. Or, je le demande, le magnétisme animal pouvait-il comparaître devant un tribunal plus hostile qu'une Commission à la tête de laquelle figurent MM. Roux, Bouillaud et Dubois (d'Amiens). Cette Commission pouvait-elle mieux s'organiser pour condamner que de choisir pour président celui qui, peu de jours auparavant, s'était écrié avec colère : *Il en faut finir avec le magnétisme animal;* et pour secrétaire un homme qui, dans un écrit (1) plein d'injures contre ceux qui ne partagent pas son incrédulité, déclare, à titre de *profession de foi, qu'il se met en état d'hostilité contre les magnétiseurs.*

Cependant, comme un jugement prononcé par des ennemis déclarés paraîtrait suspect, on a soin de dire :

« Nous devons vous rappeler, Messieurs, que vous y » avez fait entrer (dans cette Commission) les représen- » tants d'opinions contraires sur le magnétisme » animal. » (Rapport.)

Nous l'avons vu, le magnétisme n'a pas un seul représentant parmi les commissaires ; nul d'entre eux ne le connaît, la plupart le détestent ; d'où vient cette hardiesse d'affirmer le contraire ? elle repose sur deux équivoques.

Le public est instruit que M. Oudet a constaté un fait d'insensibilité chez une personne réputée somnambule ;

(1) Examen historique et raisonné des expériences prétendues magnétiques faites par la Commission de l'Académie royale de médecine. Paris, 1832.

il n'en faut pas davantage, aux yeux de bien des gens, pour le constituer fauteur du magnétisme. Voulant prévenir, il est vrai, une induction qu'il paraît beaucoup redouter, M. Oudet s'empressa de déclarer à l'Académie qu'il demeurait en dehors de toute doctrine sur l'épineuse question dont il s'agit et se tenait, là dessus, pour aussi sceptique que qui que ce soit. Par malheur, la lettre de ce savant circonspect s'est arrêtée dans le bulletin académique du jour, tandis que son fait de somnambulisme court le monde : M. Dubois met à profit cette inégale publicité.

Il existe, comme on sait, deux MM. Cloquet, tous deux membres de l'Académie : l'un est médecin, M. Hippolyte ; l'autre, M. Jules, est chirurgien et professeur de la Faculté. Le nom d'un M. Cloquet est cité deux ou trois fois dans le rapport sans désignation aucune : pourquoi M. le rapporteur, si soigneux de distinguer par une notation particulière M. Dubois, secrétaire de la Commission, d'avec tous les savants du même nom, n'en peut-il trouver pour faire démêler son collaborateur d'entre ses homonymes? A quoi bon ? direz-vous ; à savoir que ce collaborateur n'est pas M. Jules Cloquet qui fit part autrefois à l'Académie du plus beau fait connu d'insensibilité magnétique, et le valida de son puissant témoignage. Où cela mène-t-il? direz-vous encore; M. Dubois lui-même va vous l'apprendre.

Quand la lecture publique du rapport fut terminée, M. Jules Cloquet, après la séance, s'informa de M. Dubois s'il n'avait pas voulu le faire passer, au lieu de son frère, pour un membre de la Commission. M. Dubois avec cette naïveté qui sied si bien à l'homme véridique, répondit qu'effectivement tel avait été son dessein; qu'il lui avait paru avantageux non moins que piquant de faire condamner un magnétiseur par un semi-partisan du magnétisme, et qu'*en cela il faisait beaucoup valoir le rapport.* M. Jules Cloquet crut devoir faire part de cette confidence à l'Académie et la lui communiqua publiquement. M. Dubois, présent, ne la démentit pas. On le voit maintenant, M. Dubois, dont l'esprit de droiture s'indigne si éloquemment contre les tours de gibecière, ne pouvait rien dire de plus légitime que ces paroles :

« Messieurs, nous pouvons le dire dès à présent,
» cette prévoyance a, en quelque sorte, porté ses fruits :
» c'est qu'avec nos idées *pour* et *contre*, aucune dissi-
» dence ne s'est élevée entre nous sur les faits dont nous
» avons été témoins; vous trouverez peut-être en cela,
» Messieurs, une nouvelle garantie pour la vérité; car il
» fallait que les faits eussent un haut degré d'évidence
» pour amener ainsi une constante *unanimité* entre des
» commissaires toujours en dissidence sur la valeur du
» magnétisme animal. »

Lorsque je signale les dispositions de mes juges, je n'ignore pas qu'on me tient toute prête cette réponse : Que ne les récusiez-vous? On pouvait mal interpréter mon refus; d'ailleurs, je tenais la vérité : j'ai cru que je pourrais les amener à la voir et à la dire : je m'abusais.

En résumé, cinq ennemis déclarés, quatre indifférents, pas un seul partisan, voilà la Commission.

2

Mais dit-on, les commissaires sont unanimes dans leur rapport : les indifférents aussi bien que les opposants l'ont signé.

D'abord, les premiers ont, pour la plupart, manqué à la séance la plus importante ; pour celle-ci, le rapport n'est donc guère que le jugement des membres hostiles. Quant aux autres séances, si elles furent l'objet d'un sentiment commun, on le conçoit assez lorsqu'on connaît les habitudes des Commissions. Un rapport est une œuvre qu'on signe volontiers de confiance; mais, n'en fût-il pas ainsi, la Commission, qui, devant les faits, les comprenait assez peu pour faire d'étranges méprises que je signalerai, aurait-elle conservé, pendant la lecture du rapport, assez de mémoire et de netteté dans l'esprit pour relever des infidélités sur lesquelles il était si facile au rapporteur de lui faire prendre le change. Cet équilibre, non pas entre le *pour* et le *contre*, mais entre l'indifférence et l'opposition, n'avait rien de réel : la nomination de M. Dubois comme rapporteur en est la preuve. En effet, si les commissaires modérés avaient pris au sérieux leur mission, auraient-ils choisi, pour diriger et exposer leurs travaux, précisément l'homme le plus intéressé à déguiser la vérité dans le cas où elle se prononcerait pour le magnétisme; et cependant, qui fut l'ame de la Commission? en qui se résume-t-elle? en M. Dubois d'Amiens.

Par sa virulente critique (1) de la Commission de 1826, M. Dubois s'était créé l'obligation de faire un rôle magnifique à la Commission dont il était

_____
(1) Examen, etc.

l'ame; c'était le type des rapporteurs qu'il avait pris
l'engagement de montrer en sa propre personne.
Ces bons commissaires était son appellation favorite
pour désigner les anciens collègues de M. Husson : il
voulait pour les siens et pour lui-même mériter une
autre épithète. *L'impéritie,* la *crédulité* avaient été le propre de ses devanciers de 1826 : il sera mémorable, lui, par
son incrédulité, par son habileté , par son adresse, par
son savoir-faire. Quel contraste il brûle de montrer
entre lui et eux, ces *disciples fervents* et *soumis* (Exam.,
p. 12) *envoyés à l'école des magnétiseurs (ibid.,* p. 8)! Ce
n'est pas, comme eux, *un tissu de niaiseries et de désap-
pointements (ibid., p.* 28) qu'il offrira au monde savant ;
c'est un imposant interrogatoire que des hommes, ou
plutôt qu'un homme, intègre, grave, profond , fait
subir au magnétisme. A côté de *ces médecins qui n'ont
que trop compromis le corps académique et le corps médical tout entier (ibid.,* p. 9), *qui se laissent prendre tout
d'abord aux jongleries les plus communes (ibid.,* p. 10),
*qui se laissent jouer, qui se laissent tromper de la manière
la plus grossière (ibid., p.* 14), *qui ne savent pas rappeler
leur bon sens (ibid.,* p. 65), vous verrez briller, pour la
gloire des sociétés scientifiques, un homme dont la main
toute-puissante démasquera *la tourbe des magnétiseurs
et des somnambules (ibid.,* p. 14), et montrera, dans *ces
sortes de gens (ibid., p.* 14), chez les uns, des *charlatans
(ibid.,* p. 51), des *thaumaturges (ibid., p.* 9), chez leurs
adeptes (p. 9), des *dupes* (11), des *pantins* (63), des *si-
bylles* (9), des *compères* (51, 67), des *individus destinés à
la fabrique du merveilleux* (68), *qui jouent la comédie*
(57), *et qu'on prend vingt fois la main dans le sac* (57).

M. Dubois, stimulé par le sentiment de ses forces, s'était donc ainsi chargé de la triple mission de réhabiliter *la considération du corps académique et du corps médical entier*, de poser en rapporteur-modèle, et d'en finir décidément avec le magnétisme. A cet effet, deux choses étaient indispensables : un fourbe et un honnête homme : M. Dubois sut faire trouver l'un et l'autre dans son rapport. Il fallait mettre aux prises un esprit cauteleux avec un esprit véridique, timoré, soupçonneux : c'est encore ce que M. Dubois a su dessiner et ce que l'étude de son œuvre fera parfaitement sentir. Enfin il fallait bien mettre en relief M. le rapporteur (car toute la Commission est dans le rapporteur), imaginant, avec une fécondité prodigieuse, des moyens de déjouer des projets de déceptions : nous trouverons encore cela dans le rapport.

Je ne dirai rien de cette prétendue *histoire académique* qui lui sert d'introduction. Les erreurs, les omissions capitales dont elle fourmille, ont été trop bien relevées par M. Husson, dans la séance du 22 août 1837, pour que j'aie besoin de m'en occuper ici, et je passe de suite à la seconde partie du rapport, celle qui concerne mes expériences.

La rédaction a pu en paraître amusante; cependant je doute que sa forme facétieuse ait semblé, même à ceux qu'elle a le plus récréés, fort convenante, fort académique. Je doute aussi que ce choix d'expressions peignant le ridicule, ces réticences qui transforment les expériences en des manœuvres puériles, ces insinuations qui enveniment ce qu'on n'a point osé taire, ces équivoques

savamment calculées, paraissent une façon d'écrire
digne, je ne dis pas du délégué d'une société savante , je
ne dis pas d'un médecin , mais seulement d'un homme
qui se respecte. C'est là pourtant le style du rapport,
dans lequel on se prévaut solennellement, et à chaque
instant, de sa loyauté, de son honneur, et où l'on
invoque si charitablement les égards dus à un *jeune
confrère*. Au reste, M. Dubois devait-il plus d'égards à
ce jeune confrère qu'à de célèbres et vénérables collègues qu'il s'est efforcé de faire la risée du public ?

En mentionnant ma lettre à l'Académie , le rapporteur trouve l'occasion de me gratifier d'une *très grande
jeunesse* et de *quelque peu de présomption* et d'*irrévé-
rence ;* c'est son premier coup de pinceau.

CHAP. III. *Conditions indispensables des expériences; nécessité d'arrêter à l'avance ces conditions. Leur exposé, ou* programme. *Manière dont le rapport les fait connaître.*

« La Commission, dit le rapporteur (1), a dû com-
» mencer par se constituer, et soumettre à une dis-
» cussion préalable l'ordre de ses travaux. »
Assurément, c'était ainsi que devait commencer la
Commission, et cependant il n'est pas vrai qu'elle
commença par soumettre à une discussion préalable

(1) Le lecteur ne doit pas perdre un instant de vue que je rédi-
geai de mon côté, et, pour ainsi dire, séance tenante, un journal
très circonstancié de ce qui se passait.

l'ordre de ses travaux. Il y a plus, elle refusa avec force de prévoir, d'arrêter à l'avance quoi que ce fût.

Ses travaux? Et M. Dubois va prétendre qu'elle n'en avait pas d'autres que de se tenir les yeux ouverts, et va développer la théorie la plus bizarre pour expliquer comme quoi elle ne devait nullement participer aux expériences.

« M. Berna, présent à la séance, a cru devoir
» d'abord nous lire un préambule sur la question du
» magnétisme, et un programme des expériences qu'il
» aurait à faire devant nous. »

Le préambule est entièrement de la création de M. Dubois; je n'ai ni dit ni lu un seul mot sur le magnétisme animal en général; ensuite ce ne fut pas précisément un *programme d'expériences* que je lus devant les commissaires, mais un exposé des précautions qu'il me semblait nécessaire d'observer dans le cours de ces travaux; il n'était mentionné dans cet exposé que les expériences qui exigeaient ces précautions.

« Vos commissaires ont écouté attentivement, et
» dans un profond silence, toutes les observations de
» M. Berna; mais ensuite, et après une discussion
» paisible, ils ont déclaré à ce magnétiseur que leur
» mission se bornait à observer consciencieusement les
» expériences dites magnétiques annoncées par lui;
» que c'était à lui, M. Berna, à multiplier ses précau-
» tions, s'il le jugeait convenable, afin de donner plus
» de valeur à ses expériences, mais que ce n'était pas
» aux commissaires à s'entendre ainsi préalablement
» avec lui sur les manœuvres requises ou non : que la
» Commission devait garder toute son indépendance,

» rester maîtresse des précautions dont elle croirait
» devoir user, mais que, d'abord, elle ne pouvait
» adhérer à un système de précautions telles, aux
» yeux de M. Berna, que toute expérience faite dans
» ces conditions serait avouée inattaquable. »

La mémoire de M. Dubois est ici en défaut : rien de semblable ne me fut *déclaré*. On se contenta de me signaler comme inédites une ou deux précautions, d'ailleurs peu importantes, que je venais de décrire tout au long, et l'on y ajouta quelques autres re-marques qui prouvèrent qu'on n'avait que bien médiocrement compris ou même écouté mon pro-gramme.

En effet, la Commission parut effrayée plutôt que satisfaite de tout cet appareil de précautions. On me répéta souvent : *Pourquoi tout cela?... Ayez confiance en nous... Montrez-nous de suite quelque chose... Rap-portez-vous-en à notre bonne foi... Faites cela sans façon..., comme quand vous voulez amuser une so-ciété* (M. Roux)..., et autres variantes non moins singulières. Ce n'est peut-être pas cette sévérité scien-tifique que le rapporteur a voulu peindre dans ce pas-sage.

« Vous le sentez, Messieurs, on pourrait s'arranger
» ainsi avec des gens du monde ; mais avec des méde-
» cins investis de la confiance d'un corps savant, et qui,
» plus tard, auront à rendre un compte sévère de leur
» mission, il faut un autre langage, une autre logique,
» d'autres faits. »

Après avoir dit que les commissaires ont refusé de s'entendre avec moi, le rapporteur ajoute :

« Il resta convenu entre vos commissaires et
» M. Berna :

» 1°. Que les expériences auraient lieu non chez
» M. Berna, mais chez M. Roux, président de la Com-
» mission ;

» 2°. Que M. Berna ne pourrait amener avec lui
» d'autres personnes que les sujets destinés aux expé-
» riences ;

» 3°. Que, d'un autre côté, vos commissaires ne
» pourraient introduire aucune personne étrangère
» dans le lieu des séances. »

Ce qui fut *principalement* convenu dans cette première séance, c'est que chaque commissaire recevrait
une copie de mon programme. Le rapport est muet sur
ce point ; pourquoi ? on va le deviner peut-être.

« Dans l'intervalle de cette séance à la séance sui-
» vante, M. Berna, peu satisfait, sans doute, des mesures
» prises par la Commission, écrivit à chacun des com-
» missaires une lettre en date du 2 mars. »

Ainsi cette lettre, accompagnement presque obligé
de mon programme, ayant perdu sous la plume ou-
blieuse du rapporteur son motif naturel, en prend un
autre qui lui convient mieux.

En entendant ces mots, *il fut convenu 1° que les*
expériences auraient lieu non chez M. Berna, etc.,
l'Académie était libre de soupçonner qu'elles avaient
été imaginées par sa Commission, et que je les avais
acceptées comme un joug pénible ; mais il ne lui est
plus permis d'en douter après ces paroles du rapporteur : *M. Berna, peu satisfait sans doute, etc.* Qui
croira, après cela, que la première clause de mon pro-

gramme est que je refuse de faire chez moi les expériences ? qui le croira ? C'est M. Dubois lui-même, et il
le déclare plus loin en ces termes :

« M. Berna admettait en principe que les expériences
» ne devaient point avoir lieu chez lui. »

C'est donc ce que *j'admettais en principe* qui me ren-
dait *si peu satisfait ?*

Les commissaires et moi devions seuls assister aux
séances. Cette *mesure* fut proposée par M. Émery,
qui ajouta avec une chaleur toute particulière : *car
nous ne voulons pas de compères!* Je goûtais trop une
opinion exprimée avec autant de politesse pour vouloir
la combattre.

Après m'avoir fait un désappointement de sa façon,
le rapporteur continue :

« Dans cette lettre, M. Berna s'exprime ainsi : « *Il
» est de la plus haute importance que la Commission et
» moi nous rendions nos expériences telles que l'esprit
» le plus soupçonneux n'y puisse trouver d'accès à la
» fraude ou à l'erreur.* »

« Vos commissaires, Messieurs, ont été tout d'abord
» frappés de ces expressions ; il leur parut évident que
» M. Berna cherchait à changer entièrement sa position
» et à modifier la mission dont vous nous aviez chargés.
» En effet, quel avait été le motif de notre institution ?
» M. Berna n'avait-il pas promis de faire voir à vos délé-
» gués *des faits concluants ?* et dès lors n'était-ce pas
» pour voir ces faits que vous nous aviez envoyés par
» devers lui? Or, ici, il s'identifie avec nous-mêmes : « La
» *Commission et moi,* » dit-il ; « *nos expériences,* etc. »
» C'était vouloir nous mettre à l'étude du magnétisme,

» c'était chercher à nous faire dévier ; car la mission des
» corps savants, comme vous le savez, Messieurs, con-
» siste à *vérifier* les faits et nullement à les inventer,
» les rechercher. »

Que de projets trahis par un pronom ! En écrivant ces
mots *nos expériences*, j'ai eu la simplicité de ne pas comprendre que cela signifiait tout au long :

1°. Que je veux changer entièrement ma position ;

2°. Que je cherche à modifier la mission de la Commission ;

3°. Que je m'identifie avec cette dernière ;

4°. Que je m'efforce de la faire dévier ;

5°. Que je tente de la mettre à l'étude du magnétisme ;

6°. Que je lui veux montrer autre chose que des faits
concluants.

« *Vos commissaires sont tout d'abord frappés de ces*
» *expressions* (NOS *expériences*). »

Ces messieurs, qui, chaque matin à leur clinique,
disent bénévolement : NOTRE *malade*, NOTRE *opération*,
NOTRE *diagnostic*, *se scandalisent*, SONT FRAPPÉS TOUT
D'ABORD quand je leur dis NOS *expériences*. Ils ont donc
résolu de moins participer avec moi à ces expériences
qu'un élève de première année ne participe avec eux à
une opération de staphyloraphie, au diagnostic d'une
endocardite.

M. Berna n'a-t-il promis de faire voir des faits con-
cluants ?

En seront-ils moins *concluants* parce que vous aurez
aidé à les produire ?

C'était nous mettre à l'étude du magnétisme ; non,
mais à l'étude de *nos* expériences.

« *La mission des corps savants est de vérifier les faits,*
» *non de les inventer.* »

Se mettre à étudier les faits, n'est-ce pas le meilleur et
même le seul moyen de les vérifier ?

Cependant j'accorde à la Commission qu'elle ne devait
nullement participer à mes expériences ; il s'ensuit
qu'elle n'a pas cessé un seul instant d'être en contradiction avec elle-même, témoin d'abord cette phrase du
rapport :

« La Commission commence par discuter préalable-
» ment l'ordre de ses travaux. »

On n'a point de travaux quand on se tient les bras
croisés.

Il est dit au rapport que les commissaires bandèrent
les yeux au sujet, le piquèrent, lui firent remuer les
bras, les jambes, la tête, le promenèrent, lui firent des
questions, présentèrent à son occiput des cartes et autres
objets, etc., le tout à l'effet de *vérifier* les assertions du
magnétiseur. Sans tous ces actes de la Commission, y
aurait-il eu expérience ? non, assurément. Voilà donc la
Commission atteinte et convaincue d'avoir participé à
mes expériences, et le très innocent *nos* déchargé des
nombreuses accusations de M. Dubois.

« Mais, » continue le rapporteur, « ce n'était pas
tout. Dans cette même lettre du 2 mars, M. Berna
nous assure « qu'*il s'est efforcé d'imaginer tous les genres*
» *de supercheries, afin de nous en signaler les préser-*
» *vatifs ;* » il ajoute qu'*il ne se flatte pas d'avoir pénétré*
» *toutes les ressources de l'imposture, mais que cepen-*
» *dant les précautions qu'il veut nous exposer lui sem-*
» *blent incompatibles avec l'illusion.* »

« Ainsi, d'après le système de M. Berna, ce n'est point
» nous, commissaires, qui devions imaginer des précau-
» tions, qui devions les prendre, à son insu, à lui-même;
» c'est lui, magnétiseur, qui devait nous apprendre com-
» ment et par quels moyens nous devions nous mettre en
» garde contre lui. »

Eh! qu'importe à l'Académie par qui de ses commissaires ou de moi ont été imaginées ces précautions, si, ·
par leur nature, elles excluent l'erreur? Ce qu'elle attend,
c'est que vous lui appreniez si elles étaient bonnes, et
c'est précisément ce que vous lui laissez ignorer. Quand
vous lui aurez dit que je vous ai présenté votre besogne
toute faite, aurez-vous beaucoup incriminé mes intentions? Elle conclura peut-être de ma sollicitude que je
me suis un peu trop défié de ce génie inventif que vous
signalez avec tant d'à-propos comme le côté faible des
corps savants (page 26).

Quoi qu'il en soit de mon zèle exubérant, avouez
que mon système de précautions ne vous a pas paru
très mauvais, puisque vous n'y avez su trouver de sup-
plément qu'une précaution que vous auriez honorée de
trois points d'exclamation dérisoires, si elle avait eu son
origine dans mon programme.

« *Ce n'est pas nous, commissaires, qui devions les*
» *prendre ces précautions, à son insu, à lui-même, c'est*
» *lui, etc.* »

Ne dirait-on pas que M. Dubois en est encore à se faire
une idée de mes expériences? Quelle espèce de précautions devait-on prendre à mon insu? Est-ce l'application
d'un bandeau? est-ce le silence qu'il me fallait garder?
sont-ce les injonctions des commissaires à la somnam-

bule? Apparemment il fallait de ces précautions oc-
cultes, puisque M. Dubois l'assure; pourquoi donc n'en
est-il mentionné aucune de cette sorte dans tout le rapport?

« Sentant toutefois lui-même ce qu'il y avait d'é-
» trange dans cette prétention, il (M. Berna) ajoutait
» d'une manière que nous aurions pu regarder comme
» ironique :

» *Sans doute, il conviendrait que je m'en rapportasse*
» *à la sagacité de MM. les commissaires; assurément ils*
» *ne le cèdent à personne en intelligence et en lumière,*
» *mais ils n'ont pas une connaissance approfondie du*
» *magnétisme;* c'est le seul sujet où je me crois sur eux
» quelque avantage. »

Ce qu'il y avait d'étrange dans cette prétention, ma
lettre l'appuyait sur plusieurs raisons. M. le rapporteur
ne s'est point imposé la tâche de les réfuter; il a trouvé
plus commode de les cacher dans un *et cætera...* Com-
plétons sa citation :

« En proposant à la Commission de régler à l'avance
» la manière dont elle observerait, j'ai été déterminé
» par les raisons suivantes :

« Les conditions d'un fait magnétique probant sont
» trop nombreuses pour qu'on puisse les improviser en
» présence de ce fait.

» Discuter, au milieu d'une expérience, la nécessité et
» l'opportunité de telle ou telle précaution, c'est trou-
» bler le calme indipensable au magnétiseur, et com-
» promettre le succès de son opération.

» Ne rien arrêter à l'avance, c'est s'imposer l'obli-

» gation, dans les procès-verbaux, de répéter, pour
» chaque expérience, les conditions communes à
» toutes.

» Enfin, loin qu'il y ait aucun inconvénient dans
» ma proposition, elle est, au contraire, une nécessité
» pour la Commission comme pour moi ; pour la Com-
» mission, qu'elle garantit contre toute déception ;
» pour moi, qu'elle préserve de tout soupçon inju-
» rieux. »

Je reviens au rapport.

« En conséquence, dans cette même lettre,
» M. Berna nous faisait tenir deux autres pièces :

» 1°. Une énumération des expériences à tenter dans
» les séances ;

» 2°. Les précautions générales à observer pendant
» le cours des épreuves.

» Parlons d'abord de ces dernières. »

Il importe effectivement de les bien faire connaître ;
car, outre qu'en les taisant on rend les expériences
une énigme perpétuelle, on a de plus à faire toucher du
doigt le péril où se serait jetée la Commission, et avec
quelle sagacité elle sut l'éluder.

Chacun s'attend donc que M. Dubois va faire un
exposé textuel et complet de ces *précautions générales*,
et qu'avec son beau talent d'analyse, ses puissantes
investigations, il dévoilera les artifices qu'elles re-
cèlent.

Voici tout cet exposé :

« M. Berna admettait en principe que les expériences
» devaient avoir lieu chez lui ; mais, comme cette précau-

» tion pouvait, suivant lui, en intimidant les somnam

» bules, nuire à leurs facultés, il se réservait le droit

» d'opérer parfois dans son domicile, par exemple, pour

» la visión sans le secours des yeux.

» En vertu de ce qu'il appelait sa cinquième précau-

» tion, les commissaires devaient trouver sur une carte,

» que lui leur remettrait au moment d'opérer, l'indica-

» tion de chaque expérience.

» Sa huitième précaution recommandait à vos com-

» missaires de s'abstenir, dans les questions adressées aux

» jeunes somnambules, de tout ce qui serait insidieux

» ou propre à agir sur leur imagination.

» Par sa onzième précaution, il nous invitait à nous

» assurer qu'il ne faisait point usage de barreaux ai-

» mantés!!! »

« Telles étaient les *principales* précautions imagi-

» nées par M. Berna. »

Le voilà complètement connu enfin cet appareil de précautions. Tout ce qu'il a de venin est dégagé, rapproché, concentré dans ces quelques mots. Il est connu, dis-je, mais en même temps il est jugé, car M. Dubois n'ajoutera pas de réflexions. En effet, le seul énoncé de cette première, de cette cinquième, de cette huitième, et surtout de cette onzième précaution, ne démontre-t-il pas que se conformer à mon programme, c'était pour la Commission abjurer son libre arbitre, et se faire le jouet de mes prestiges. Tout cela, aux yeux de M. Dubois, porte en soi l'évidence des axiomes. Cependant une conception aussi élevée que la sienne

n'est pas donnée à tous les esprits ; pour ceux-là, je vais me faire son interprète.

« *M. Berna admettait en principe que les expériences* » *ne devaient point avoir lieu chez lui.* »

C'était, je pense, ce que la Commission *admettait en principe* avec moi. Ainsi, jusque-là, nul piége encore.

Voici que nous allons marcher sur un terrain miné.

Programme.	*Traduction du rapporteur.*
Toutefois, comme cette précaution, en intimidant les somnambules, pourrait nuire à leurs facultés, on la négligera *dans les cas où elle serait évidemment inutile*, par exemple, dans les cas de vision sans le secours des yeux.	Mais, comme cette précaution pouvait, suivant lui, en intimidant les somnambules, nuire à leurs facultés, *il se réservait le droit* d'opérer *parfois* dans son domicile ; par exemple, pour la vision sans le secours des yeux.

Voyez comme la suppression de ces mots : *dans les cas où elle serait évidemment inutile*, fait bien ressortir tout ce qu'il y avait d'onéreux pour la Commission *dans ce droit que je me réservais.*

Puis, comprenez-vous combien la négligence de cette précaution, *dans les cas où elle serait évidemment inutile,* devait être féconde en moyens de tromper ?.

A la vérité, cette restriction, signalée ici comme perfide, le sera plus tard comme innocente ; il sera dit :

« Sur les instances de M. Berna, on n'hésita pas à se » transporter dans son domicile. Comme on leur pré- » sentait des faits de vision sans le secours des » yeux, les commissaires pensèrent que les dis-

» positions du local, quelles qu'elles fussent, n'auraient
» plus la même influence sur des faits de cette nature. »

Le *oui* et le *non*, affirmés du même objet, étonneront peut-être le lecteur. Il l'en faut avertir : c'est une de ces hardiesses que M. Dubois permet à son génie, et qui ne contribuent pas médiocrement à *faire valoir son rapport*.

Programme.	Traduction du rapporteur.
5°. MM. les commissaires détermineront d'avance, à l'insu du magnétiseur, l'ordre de succession des expériences. Ils trouveront chacune d'elles indiquée sur une carte ; celle-ci ne LUI *sera remise* qu'à l'instant même où il devra la faire. A partir de cet instant, le magnétiseur cessera de parler, afin qu'on ne puisse soupçonner que rien, ni dans le choix ou l'ordre de ses expressions, ni dans les inflexions de sa voix, ait pu avertir le somnambule.	En vertu de ce qu'il appelait sa cinquième précaution, MM. les commissaires devaient trouver, sur une carte que LUI LEUR *remettrait* au moment d'opérer, l'indication de chaque expérience.

Ainsi, d'après le programme, la Commission détermine l'ordre des expériences :

D'après la traduction du rapporteur, c'est le magnétiseur.

D'après le programme, le magnétiseur devait ignorer quelle expérience il allait faire jusqu'au moment d'y procéder.

D'après la traduction du rapporteur, c'était à la Commission de rester dans cette ignorance.

D'après le programme, le magnétiseur s'impose un silence absolu.

D'après la traduction du rapporteur, ce silence n'est nullement prescrit.

Ce 5°, réduit de ses neuf dixièmes, ayant échangé, sous la plume du rapporteur, ses négatives contre des affirmatives, *et vice versâ*, exprime, avec un rare bonheur, ce qu'il y avait de trahisons renfermées dans le programme.

« Sa huitième précaution recommandait aux commis-
» saires de s'abstenir, dans les questions adressées aux
» somnambules, de tout ce qui serait insidieux ou serait
» propre à agir sur leur imagination. »

Il recommande de ne pas tromper, donc lui-même il voulait tromper : la conséquence est rigoureuse.

« Par sa onzième précaution, il nous invitait à nous
» assurer qu'il ne faisait pas usage de barreaux ai-
» mantés!!! » (Les !!! sont du rapport.)

Après des exemples de mauvaise foi, M. Dubois en veut citer d'ineptie. Cela ne gâte rien. Comment, des barreaux aimantés? A quoi bon des barreaux aimantés!!! Lui, qui sut apprécier combien, à la distance de plusieurs pouces, le genou de ma somnambule saisirait de signaux dans les simples effluves de mon front, et qui fit taire ce singulier langage par l'interposition d'une feuille de papier, il a droit de s'étonner que les mouvements de lames aimantées et secrètement disposées puissent servir de vocabulaire. S'il se souvient qu'autrefois (*Examen*, etc., p. 63) il trouva une analogie frappante entre un somnambule et *un pantin de carton*, que les sollicitations invisibles d'un cheveu *font danser rhythmiquement*, il devinera peut-être que j'avais dessein de lui ôter jusqu'à l'envie de supposer ce cheveu chez ma somnambule.

Je résume ce que l'examen nous a appris sur les accusations de M. Dubois contre mon programme :

1°. Les commissaires trouvent formulée par ma première précaution une de leurs intentions capitales. Une seule restriction est proposée, son innocence a pour autorité l'aveu formel du rapporteur et l'adhésion de ses collègues.

2°. M. Dubois, en énonçant comme ma cinquième précaution ce qui en exprime diamétralement le contraire, la transforme en un des moyens d'imposture les plus puissants.

3°. Il livre à des interprétations malveillantes une recommandation (8me précaution) qui n'avait évidemment pour but que de préserver les faits du trouble qu'aurait pu y apporter l'imagination des sujets.

4°. Il expose avec une note de raillerie mon scrupule (11me précaution) à dénoncer une fraude, peut-être à la rigueur impossible, mais qu'on se réservait peut-être aussi de trouver très praticable, si l'on eût eu plus tard à subir le succès de mes expériences.

Enfin voilà mise à nu toute la culpabilité de mon programme : quatre paragraphes répréhensibles sur vingt. Les seize autres sont donc bien réfractaires aux incriminations de M. Dubois, puisqu'il n'a su leur faire d'autre tort que de les dérober à la connaissance de l'Académie? Cependant, comme je ne partage pas tout à fait l'opinion de M. le rapporteur sur l'utilité de tenir

secret ce qu'il a bien voulu ménager du programme,
je vais produire ici ce dernier, tel que l'a reçu chacun
des commissaires.

Exposé ou programme des conditions dans lesquelles je proposais à la Commission de faire mes premières expériences.

Précautions générales.

Pour éloigner tout soupçon de connivence entre le magnétiseur et le somnambule, les précautions les plus minutieuses seront prises contre l'un et l'autre; tout rapport en ce sens, que pourrait établir entre eux soit le *local*, soit la *vue*, l'*ouïe*, la *voix*, le *langage*, sera nécessairement empêché de la manière suivante :

1°. Les expériences n'auront pas lieu chez le magnétiseur. Toutefois, comme cette précaution, en intimidant le somnambule, pourrait nuire à ses facultés, on la négligera *dans les cas où elle serait évidemment inutile*, par exemple, dans les cas de vision sans le secours des yeux.

2°. Les yeux du somnambule seront bandés, et les espaces sous-orbitaires tamponnés.

3°. Les oreilles seront bouchées soigneusement avec du coton ou autrement. S'il est vrai qu'on n'obtiendra pas ainsi une surdité complète, du moins il est évident que ce degré suffira pour l'empêcher d'entendre des petits bruits significatifs.

4°. Dans le cours des expériences, il n'existera, entre le magnétiseur et le somnambule, aucun contact soit immédiat, soit médiat.

Rapprochement des passages du rapport relatifs audit exposé.

M. Berna admettait en principe que les expériences ne devaient point avoir lieu chez lui; mais, comme cette précaution pouvait, suivant lui, en intimidant ses somnambules, nuire à leurs facultés, il *se réservait le droit* d'opérer *parfois* dans son domicile, par exemple pour la vision sans le secours des yeux.

Les yeux de la jeune fille sont garnis de coton et couverts d'un bandeau.

(Le rapport n'indique point cette précaution comme appartenant au programme.)

Nulle mention.

M. Berna s'approche d'elle, tellement que leurs jambes s'entre-touchaient, malgré ce qui avait été dit au pro-

— 37 —

5°. MM. les commissaires détermineront d'avance, à l'insu du magnétiseur, l'ordre de succession des expériences; ils trouveront chacune d'elles indiquée sur une *carte* : celle-ci ne LUI sera remise qu'à l'instant même où IL devra la faire.

A partir de cet instant, il *cessera de parler*, afin qu'on soit assuré que rien, ni dans le choix ou l'ordre de ses expressions, ni dans les inflexions de sa voix, n'a pu avertir le somnambule.

6°. Le somnambule pouvant, par convention avec son magnétiseur, connaître la nature d'une expérience par la durée de l'action de celui-ci, il sera nécessaire d'entrecouper les expériences par des silences dont MM. les commissaires détermineront la durée et l'opportunité.

7°. Pendant que le magnétiseur agira, on gardera le silence le plus absolu, afin que rien ne le prive du calme dont il a besoin, et que rien non plus chez le somnambule ne puisse aider ou contrarier son action.

8°. MM. les commissaires, dans les questions ou injonctions qu'ils jugeront utile de faire au somnambule, s'abstiendront de tout ce qui serait insidieux ou agirait sur son imagination.

9°. Dans les intervalles des expériences, MM. les commissaires et le magnétiseur pourront causer avec le somnambule de choses insignifiantes ou qui n'auront aucun rapport avec le magnétisme.

gramme; mais, encore un coup, ceci devenait secondaire pour des faits de vision sans le secours des yeux.

En vertu de ce qu'il appelait sa cinquième précaution, MM. les commissaires devaient trouver sur une carte, que LUI LEUR *remettrait* au moment d'opérer, l'indication de chaque expérience.

Les commissaires y mettent (à l'expérience) les conditions suivantes :

M. Berna *gardera le silence le plus absolu ;*

Il recevra des mains des commissaires *des billets* sur lesquels seront indiquées les parties à priver ou à douer soit de la sensibilité, soit du mouvement.

M. Berna dit *qu'il ne peut accepter ces conditions ;* que d'ailleurs, tout cela SORT de son programme, et qu'*il n'entend pas ainsi* les précautions qu'on doit prendre contre lui.

Nulle mention.

Nulle mention.

La huitième précaution recommandait à vos commissaires de s'abstenir, dans les questions adressées aux somnambules, de tout ce qui serait insidieux ou propre à agir sur l'imagination des jeunes (1) somnambules.

Nulle mention.

[(1) Pourquoi *jeunes* ?

10ª. Lorsqu'il n'y aura plus à tenter qu'une ou deux expériences, comme, par cela même, le somnambule en pourrait soupçonner la nature, on les fera précéder de la répétition d'une ou plusieurs autres. Toutes les expériences étant terminées, il sera nécessaire de revenir sur quelques unes encore parmi lesquelles on intercalera les deux dernières.

Nulle mention.

11º. La Commission s'assurera que le magnétiseur ne fait point usage de barreaux aimantés.

Par sa onzième précaution, il nous invitait à nous assurer qu'il ne faisait point usage de barreaux aimantés !!!

12º. L'haleine, projetée sur le visage, pourrait fournir des signaux. Il suffit d'indiquer ce moyen pour le rendre impossible.

Nulle mention.

13º. Il ne faudra renoncer définitivement à un phénomène qu'après des tentatives réitérées pour le produire; car il peut y avoir des causes nombreuses d'insuccès.

Nous n'avions pas la bonhomie, malgré les termes du programme, de recommencer jusqu'à ce que nous ayons réussi, ce qui, certes, n'aurait pas tardé à se faire, puisque nous n'avions à choisir qu'entre quatre membres et la langue (1).

Procès - verbal.

1º. Chaque expérience sera immédiatement relatée sur un procès-verbal, et il en sera fait aussitôt lecture à haute voix. S'il existe des réclamations, elles seront aussi faites immédiatement et consignées de même.

Nulle mention.

2º. Dans la relation des expériences, il importera d'indiquer le temps qui se sera écoulé entre le moment où le magnétiseur aura commencé son action, et celui où chaque phénomène aura apparu, ainsi que la durée de ce dernier.

Nulle mention.

3º. Lorsqu'une précaution aura été négligée, le procès-verbal en indiquera la nature et fera connaître si l'omission vient de MM. les commissaires ou du magnétiseur.

Nulle mention.

(1) Les expériences à tenter chez cette somnambule, et entre lesquelles on avait à choisir chaque fois, étaient au nombre de *trente-huit.*

4o. Le soin de rédiger le procès-verbal devant partager l'attention que le secrétaire doit entière aux expériences, celui-ci sera changé à chaque séance.

5o. Les dispositions précédentes, et les modifications qu'on pourra juger convenable d'y apporter, devront être adoptées et signées pour que les expériences commencent. Elles figureront en tête du premier procès-verbal. On signera de même, avant chacune des séances, d'autres dispositions qui leur seront propres, et elles seront également placées en tête de leur procès-verbal.

6o. Chaque séance se terminera par la signature du procès-verbal et de sa copie : celle-ci demeurera entre les mains de M. Berna.

Nulle mention.

La conclusion de cette discussion, conclusion agréée du reste par M. Berna, fut que les deux pièces qu'il nous avait transmises, les précautions ou le programme, resteraient annexées au procès-verbal de cette séance.

Nulle mention.

Enumération des expériences à tenter sur le premier somnambule.

1o. Somnambulisation.

2o. Constatation de l'insensibilité aux piqûres.
Idem au chatouillement.

3o. Restitution, à la volonté mentale, de la sensibilité { à la totalité du corps, { à une partie du corps,

4o. Obéissance à l'ordre mental de perdre le mouvement { des deux bras, des deux jambes, d'un bras ou d'une jambe, d'un bras et d'une jambe, de la langue, du cou à droite, du cou à gauche.

5o. Obéissance à l'ordre mental de cesser, au milieu d'une conversation, de répondre verbalement ou par signe.
Ordre mental de répondre de nouveau.

6o. Répétition de cette expérience, le magnétiseur étant séparé de la somnambule par une porte.

7o. Réveil.

8o. D'après l'ordre mental qui en aura été enjoint dans l'état somnambulique, persistance au réveil de l'insensibilité, et persistance aussi de la faculté de per-

Eadem.

dre et de recouvrer cette sensibilité à l'ordre mental du magnétiseur.

Précautions particulières aux expériences sus-indiquées.

Première expérience. — Somnambulisation.

Avant la somnambulisation, on s'assurera que le sujet jouit de toute l'intégrité de sa sensibilité; à cet effet, on s'entretiendra avec lui, et tandis qu'il parlera, on le piquera à l'improviste. Il sera ensuite endormi, en présence de quatre ou cinq de MM. les commissaires.

La jeune fille, introduite au milieu des commissaires, est accueillie avec prévenance et affabilité. On s'entretient avec elle de choses indifférentes dans le but de constater, avant tout essai de magnétisation, jusqu'à quel point, dans l'état ordinaire, elle est sensible aux piqûres.

Deuxième expérience. — Constatation de l'insensibilité aux piqûres et au chatouillement.

La somnambule est absolument insensible aux piqûres faites à l'improviste, jusqu'à la profondeur *d'une ligne environ*, dans TOUTES les parties du corps, excepté à la face où ces piqûres déterminent parfois un léger mouvement.

Elle sent les différences de température.

Il était prescrit au programme que nous n'irions pas *au delà d'une demi-ligne*.

Ce n'est pas tout; si, en profondeur, nous ne pouvions pas aller *au delà d'une demi-ligne*, en surface, nous n'avions *que* les mains et le cou.

La face était mise en dehors et soustraite à toute tentative de ce genre (piqûres); il en était de même pour toutes les parties naturellement couvertes.

Sur ces parties, il n'était permis d'exercer ni pincements, ni tiraillements, ni contact d'aucun corps, soit en ignition, soit d'une température un peu élevée; il fallait se borner à enfoncer des pointes d'aiguilles à la profondeur *d'une demi-ligne*.

La paralysie ne nous laissait d'autre moyen de vérification qu'un simple *tatouage* exercé sur les mains et sur le cou, rien de plus.

Pour bien constater l'insensibilité, soit aux piqûres, soit aux chatouillements par les barbes d'une plume, on devra faire en sorte que la somnambule répète quelque chose qu'elle saurait par cœur, et pendant son récit, on la piquera et on la chatouillera en *divers endroits à la fois*, en même temps qu'on observera si le rhythme et l'accent de ses paroles ainsi que les traits de son visage ne décèlent pas quelque impression. Chacun pourra vérifier cette insensibilité pendant tout le cours de la séance.

Si la Commission le juge convenable, on constatera antérieurement sur quelques personnes qu'il est impossible de supporter, sans trahir de la douleur, des piqûres faites dans ces conditions.

Troisième expérience. — Restitution de la sensibilité.

A. *Au corps entier.*

Aussitôt que la carte indiquant cette expérience lui sera présentée, le magnétiseur agira. Lorsqu'il croira son action suffisante, il le fera connaître en levant la main. A l'instant même, MM. les commissaires, qui devront s'y être préparés, piqueront la somnambule. Peu de temps après, ils la piqueront de nouveau pour constater que l'action magnétique ayant cessé, l'insensibilité a reparu.

B. *A une partie seulement.*

Dans ce cas, il sera nécessaire de piquer en même temps d'autres parties.

Ce retour de la sensibilité mentalement voulu est un phénomène fugace; il importe de le vérifier au moment même où le magnétiseur en donne le signal.

Nulle mention.

Nulle mention.

M. Berna avait écrit dans son programme que, pour nous faire connaître que son action était suffisante, il éleverait la main vers nous, et cela en cette circonstance comme en toute autre. C'était là une des précautions qu'il avait imaginées.

Ajoutez que, toujours dans son programme, M. Berna avait pris des précautions qui ne sont pas les nôtres. Ainsi ce sont là, disait-il, des effets très fugaces qu'il faut saisir au passage ; les commissaires devront donc se hâter ; que s'ils ne réussissent pas une première fois, ils ne devront pas se décourager, mais recommencer jusqu'à ce qu'ils aient obtenu l'effet désiré, c'est à dire la paralysie.

Quatrième expérience. — Obéissance à l'ordre mental de ne pas mouvoir une partie.

Pour constater cette expérience, on invitera la somnambule à faire successivement plusieurs mouvements après lesquels on lui demandera ceux de la partie indiquée.

On aura soin de donner aux questions et aux injonctions des motifs qui lui dissimulent la nature de l'expérimentation. Ces questions et ces injonctions, d'ailleurs, lui auront été faites plusieurs fois depuis le commencement de la séance. Ainsi, on l'aura engagée à se lever, à marcher, à étendre, à remuer l'un ou l'autre bras, tourner la tête à droite ou à gauche, etc., etc.

Cette exploration devra être assez prompte pour ne pas laisser à la paralysie le temps de se dissiper.

Cinquième expérience. — Obéissance à l'ordre mental de ne pas répondre à quelqu'un.

Pour faire cette expérience, on procédera ainsi qu'il suit : deux ou trois personnes, mises en rapport avec la somnambule, l'entretiendront quelque temps, puis, à un signal convenu, le magnétiseur agira, et celui qui parlait alors, bien qu'il élève progressivement la voix, ne recevra plus de réponse, tandis qu'elle continuera de répondre aux autres.

A un nouveau signal, donné peu de temps après le premier, le magnétiseur rendra à la somnambule la faculté qu'il venait de lui ôter.

Quant aux autres expériences, leur simple énoncé suffit pour indiquer les précautions qui leur conviennent.

Ici, il fallait de toute nécessité, et toujours sur *les termes* du programme du magnétiseur, faire successivement à la demoiselle les injonctions suivantes : Levez le bras, levez la jambe, ou bien tournez la tête à droite, tournez la tête à gauche ; j'allais oublier que pour la langue il fallait tout simplement l'inviter à parler.

Nulle mention.

Nulle mention.

Après cet exposé, j'invitai la Commission à en discuter les dispositions et, s'il y avait lieu, à les amender, les réduire, les compléter, offrant mon acquiescement à tout ce qu'elle motiverait. Cette invitation fut souvent réitérée.

A présent, le lecteur s'étonne sans doute que *la Commission refuse de s'entendre ainsi préalablement avec moi.* Il ne conçoit pas qu'elle *se garde bien de s'engager sur tous ces points.*

Et quand elle déclare qu'elle *doit garder son indépendance,* il demande comment de telles dispositions, qu'elle aura elle-même épurées, peuvent devenir attentatoires à cette indépendance.

Mais ce qui le surprend bien davantage, c'est qu'*elle ne puisse adhérer à un système de précautions telles, aux yeux de M. Berna, que toute expérience faite dans ces conditions serait avouée inattaquable.*

Quoi ! dit-il, les yeux de M. Berna changent-ils la nature des choses ? Si, après mûr examen, vos yeux de commissaires voient autrement que ceux de M. Berna, que vous importe le témoignage de ces derniers ? et s'ils voient comme les siens, pourquoi écarter ces conditions qui font *toute expérience avouée inattaquable ?* Vous ne voulez donc point d'expérience inattaquable ?

Je ne connais pas à ces questions de réponse qui fasse honneur en même temps à la dialectique et à la bonne foi de M. Dubois.

Il est une autre question qui se présente comme d'elle-même. Pourquoi le programme ne figure-t-il point textuellement et en entier dans le rapport ? Pour celle-là, je hasarderai quelques conjectures. En y réfléchissant, j'eus d'abord l'idée que M. Dubois avait voulu économiser le temps et l'attention de son savant auditoire ; il est vrai qu'en cela il dérogeait un peu au titre de *narrateur fidèle*, dont il se déclare si jaloux. Mais, d'une autre part, un style concis, animé, nerveux commandait ce sacrifice. Cependant la véritable explication n'est pas là. En effet, le moyen de croire que le rapporteur songeait à la patience de l'Académie, quand on le voit s'étendre si longuement sur mes desseins secrets, fouiller, pour ainsi dire, dans mon for intérieur, quand on l'entend faire si complaisamment le procès à un monosyllabe, discourir si pompeusement sur la préséance disputée, sur les priviléges méconnus de la Commission?

Cette explication abandonnée, il s'en présente une autre, mais je ne la mentionne ici que pour qu'il soit dit qu'elles ont été toutes épuisées.

On sait que l'omission du mot *Hippolyte* devant le nom d'un des MM. Cloquet fut un stratagème de M. Dubois *pour faire valoir son rapport*. Ce procédé, peu usité chez les honnêtes gens, a peut-être semblé un indice que le secrétaire de la Commission mêlerait parfois le *fas* et le *nefas* dans les moyens de servir ses sympathies pour le magnétisme animal.

Quand M. Dubois rédigeait l'histoire de ses *travaux* de commissaire, et qu'il eut songé à mon programme, sa première idée fut sans doute d'y insérer cette pièce purement et simplement ; mais il dut être aussitôt frappé de deux inconvénients.

1ᵉʳ *inconvénient*. Publier que j'avais proposé un ensemble de précautions aussi complet, c'était mettre au
grand jour la loyauté de mes intentions, l'énergie de
ma conviction, et, conséquemment, démontrer que mes
expériences avaient réussi avant que la Commission
fût appelée à les voir.

2ᵉ *inconvénient*. Étant à représenter des tentatives de
déception sans cesse renaissantes et sans cesse réprimées,
il importait de concentrer l'intérêt général sur un seul
objet, M. le rapporteur imaginant des moyens préven-
tifs prodigieusement ingénieux. Or, avouer que le rapporteur n'a rien imaginé, c'était perdre l'occasion de
montrer en lui l'observateur profond, le médecin phi-
losophe, et priver d'une belle leçon *ces bons commissaires* de 1826.

Ainsi, dans la crainte d'intervertir des rôles sagement
distribués, M. Dubois dut être un instant perplexe sur
le sort qu'il ferait à mon programme. Le supprimer,
en effacer jusqu'aux moindres traces, c'était déjà une
heureuse pensée ; un esprit vulgaire s'y fût arrêté,
mais un homme supérieur va plus loin : entre ses mains,
les obstacles eux-mêmes sont des instruments de succès.
En conséquence, ce qui témoigne le plus de ma droiture devint un argument contre elle. M. Dubois fit trois
parts de mon programme : une qu'il jugea prudent de
taire, une dont il s'attribua l'invention, ainsi qu'à ses
collègues ; quant à la troisième, il voulut bien m'en faire
honneur, après toutefois l'avoir convenablement re-
maniée. Ces trois divisions ont dû paraître bien tran-

chées dans un rapprochement que j'ai fait de ce programme avec certains passages du rapport. (*Voyez
l'exposé*, p. 36.)

CHAP. IV. *Conduite de la Commission. Elle
prend des engagements, les élude d'abord,
puis les viole ouvertement.*

Quoi qu'il en soit de mon programme, je déclarai po-
sitivement à la Commission, dès la première séance, que
je n'entreprendrais rien si elle ne commençait par y
adhérer. Elle m'objecta longtemps la dignité de l'Académie, les usages des corps savants, la confiance que je
devais et qu'on ne me devait pas, la sagacité des commissaires, tout cela tumultueusement entrecoupé de ces
mots : *Montrez-nous des faits... Il ne nous faut que des
faits...*, etc. Enfin, quand il fut bien évident que les faits
ne viendraient point sans l'adhésion au programme,
on promit formellement et à plusieurs reprises. Cette
promesse ne fut pas signée, il est vrai, et je n'insistai
point, pensant que des hommes honorables se trouve-
raient suffisamment liés par un engagement verbal :
Voici qui montre comment il fut tenu.

« Monsieur le président,

» La Commission dont vous êtes le président a tenu
» deux séances ; dans aucune je n'ai pu lui faire goûter
» les conditions indispensables de nos travaux com-
» muns. Ce que je n'espère plus de discussions ver-
» bales, permettez que je le tente en vous soumettant
» mes raisons par écrit.

» Dans la réunion qui a eu lieu chez vous, le 3 de
» ce mois, après de vifs débats, on convint d'adopter
» les précautions dont j'avais préalablement fait par-
» venir un exposé à chaque membre. Je présentai alors
» à la Commission une personne pour être le sujet de
» ses premières observations. Si quelqu'un persistait à
» croire que le meilleur praticien en médecine est apte
» tout d'un coup à bien constater un fait magnétique,
» ce qui s'est passé dans cette séance suffirait pour le
» détromper. En présence de la somnambule, il m'a
» fallu dire à chacun ce qu'il avait à faire, et chacun
»˙ l'a mal fait. Un ou deux membres se décidèrent tardi-
» vement à explorer, les autres se promenaient comme
» s'ils n'avaient rien à faire, ou ne regardaient pas.
» L'un piquait la jeune fille à la main, et parce que
» cette main était immobile, il répondait à ma ques-
» tion que cette jeune fille ne paraissait point avoir
» senti, bien qu'il n'eût point examiné si ses traits ne
» décelaient point de la douleur. Un autre poussait avec
» force sa main armée d'une aiguille sur le front du
» sujet, et, le renversant de quelques pouces en arrière,
» semblait attendre quelque chose de cette manœuvre.
» Je n'insisterai point sur ces embarras, j'y avais
» compté.

» Mais j'avais compté aussi sur un procès-verbal
» rédigé et vérifié séance tenante, *on me l'a refusé;* on
» a voulu en *ajourner* la vérification, et pour justifier
» cet ajournement, on a allégué les soins que la rédac-
» tion exige, le besoin d'un délai pour que chaque
» membre recueille ses souvenirs; enfin l'usage qui,
» dans les assemblées délibérantes, renvoie l'adoption

» du procès-verbal d'une séance à la prochaine.

» S'il est un moment où nous puissions enregistrer
» un fait sans le défigurer ou en omettre des circons-
» tances importantes, c'est sans contredit le moment
» même où il se passe. Les délais ont la propriété d'al-
» térer les souvenirs et non celle de les rappeler. En vé-
» rifiant, séance tenante, le procès-verbal de nos expé-
» riences, vous ne ferez que ce que vous faites tous les
» jours au lit d'un malade dans les hôpitaux. On n'at-
» tend pas alors à huit jours pour rechercher si quelque
» circonstance a été omise ou inexactement consignée.

» Si l'on tient absolument à n'introduire dans un rap-
» port qu'un procès-verbal d'une rédaction irrépro-
» chable et fait après coup, toujours est-il qu'il faut,
» pour lui servir de base, une relation complète, re-
» cueillie sous la dictée même des faits, et c'est là ce
» dont on ne saurait, sans en compromettre l'exacti-
» tude, ajourner la vérification.

» Je place ici une objection que je n'attends pas de
» MM. les commissaires, parce qu'ils feraient eux-
» mêmes leur éloge. Pourquoi ne pas accorder toute ma
» confiance à des savants dont l'esprit égale les lumières,
» dont la plupart sont célèbres par leurs écrits, et dont
» le témoignage a presque la valeur d'un fait. Je me
» suis dit cela plus haut que tout autre, et mes craintes
» n'en sont que plus grandes : ces hommes recomman-
» dables ont pris depuis longtemps leur parti sur le
» sujet que je soumets à leur examen. L'hostilité se de-
» vine aisément dans leurs traits et dans leur langage.
» En m'abordant, ils ne songent qu'à me trouver en
» défaut. Ils n'ont pas l'air de venir voir une vérité,

» mais une comédie bien ou mal jouée. On en veut finir
» avec le magnétisme animal. Il en est qui se sentiraient
» cruellement pressés entre leur conscience et de bril-
» lants écrits, pour lesquels il leur faudrait faire amende
» honorable. Au reste, la défiance n'entre dans mon
» esprit qu'au degré où je l'inspire aux commissaires,
» elle ne m'aveugle nullement sur leurs talents et leurs
» vertus. Je conclus :

» L'exposé des précautions que j'ai offert à la Com-
» mission, et, entre autres, celles qui appartiennent au
» procès-verbal, renferme ses garanties et les miennes ;
» je déclare donc que je me croirai dans l'impossibilité
» de continuer si elle n'y donne son adhésion.

» Si la Commission pouvait prendre un instant
» cette proposition pour un moyen de me tirer d'em-
» barras, je la prierais d'accepter, elle jugerait.

» Veuillez, monsieur le président, ouvrir la séance
» par la lecture de cette lettre, et me croire, etc.

» Paris, 10 mars 1837. »

M. le rapporteur n'a fait, on le pense bien, que men-
tionner cette lettre.

De nouvelles marques d'impatience en accueillirent
la lecture; on répéta à l'envi ces exclamations bruyam-
ment entre-croisées : *Montrez-nous des faits.... nous voulons voir.... Nous n'avons du temps que pour cela....* Et,
en effet, personne n'avait le temps de m'entendre, tout
le monde parlait à la fois. M. Emery, consultant sa montre, rappelait, suivant son habitude, l'heure pressante
d'un rendez-vous ; M. Bouillaud, interrompait, par
quelques mots d'emportement, son silence dédaigneux ;

4

d'autres membres m'assuraient de la confiance, de la
bienveillance même de la Commission. Mais voilà qu'au
milieu de mes paroles perdues dans ce conflit d'interpel-
lations, M. Dubois, toujours plus pénétrant que ses
collègues, croit enfin avoir démêlé mon but, qui est,
dit-il, « *d'enchaîner les conclusions de la Commission et*
» *de rendre mes expériences inattaquables.* » Je confessai
ingénument cette prétention.

Cependant il fallait se décider, il fallait encore ou
renoncer aux expériences, ou adopter mon programme.
La Commission promit donc de nouveau, et ne tint pas
davantage. A la vérité, elle n'alla pas cette fois jusqu'à
manquer à son engagement le jour même où elle l'a-
vait pris ; elle consentit, avant de procéder aux expériences, à jeter un coup d'œil sur leur exposé ; elles furent, dès lors, assez bien conduites. Le procès-verbal fut
vérifié et rectifié immédiatement ; mais, dans la séance
suivante, on trouva *l'heure trop avancée ;* et, malgré
mes réclamations, on renvoya l'examen du procès-verbal, ainsi que celui des procès-verbaux arriérés, à huit
jours, c'est à dire à une réunion prochaine, qui y serait exclusivement consacrée.

Le premier qui fut lu me suggéra des remarques, que
M. Dubois m'engagea à réserver pour le deuxième, où
le même sujet était reproduit. Quand nous en fûmes à
celui-ci, j'en voulus signaler les inexactitudes à mesure
que la lecture les présentait. C'était, en effet, le moyen
de n'en oublier aucune, et le procédé le plus expéditif.
Cependant les commissaires demandèrent à entendre
tous les procès-verbaux, afin, disaient-ils, d'en bien juger

l'ensemble (1) ; ils ajoutaient qu'on reviendrait ensuite sur chacun d'eux, s'il y avait lieu. La lecture continua donc sans contrôle ; mais les infidélités, les omissions capitales se multipliaient. La prévention du rapporteur se peignait dans chacune de ses expressions ; je ne pus m'empêcher d'en relever une pleine d'inconvenance, et j'ajoutai que cet exposé donnait lieu à une foule d'observations.

La lecture des quatre procès-verbaux terminée, je demande qu'on les relise de nouveau, ainsi qu'il vient d'être convenu, pour faire à mesure les rectifications nécessaires ; cette proposition est accueillie avec la plus grande surprise ; on s'étonne comme si rien de semblable n'avait été dit, ou ne puisse même s'imaginer. *Quoi! relire tout cela?.... Seize pages!.... Y pensez-vous?... On n'en finira pas..., l'heure est avancée...,* etc. Tout le temps qui manquait aux commissaires pour réviser la relation de leurs séances, ils le passèrent à exprimer leur impatience et leurs dégoûts.

Dès ce moment, j'aurais dû cesser toute expérience ; cependant il me restait encore un moyen, je le tentai : le lendemain, je proposai à M. Dubois de faire, seul avec lui, ce travail de révision, pour le soumettre ensuite à l'adoption de la Commission ; je lui rappelai les engagements si formels pris à ce sujet, et je fis de leur stricte exécution, tant à l'égard des procès-verbaux arriérés qu'à l'égard de ceux à venir, la condition *sine quâ non* de toute nouvelle expérience. M. Dubois promit tout

(1) Bien juger l'ensemble des procès-verbaux !

au nom de ses collègues. Une séance eut lieu; il y fut
question de faits de vision. Après les expériences, je
priai M. Dubois de vouloir bien nous lire la relation
de ce qui venait de se passer. Il répondit qu'il n'avait
que des *notes très laconiques*, mais qu'il *arrangerait*
tout cela chez lui. Sur mes instances, il en commença
la lecture; mais, à ma première remarque, il ne manqua pas de s'emporter, de se récrier contre ce qu'il
appelait mes exigences, d'exalter la longanimité des
commissaires; puis, après bien des divagations, on
trouva l'heure trop avancée, et l'on se retira.

Restait toujours la révision des anciens procès-verbaux, auxquels M. Dubois avait trouvé moyen d'a-
jouter ce dernier; voici comment il sut s'en débarrasser :
d'abord il préféra que je fisse seul ce travail; il le
soumettrait ensuite à la Commission. Je devais à cet effet
consulter les procès-verbaux provisoires, et par conséquent en prendre copie. M. Dubois me renvoya de semaine en semaine, sous divers prétextes; il avait des
occupations; il fallait du temps pour prendre cette
copie; mais je pouvais être tranquille, les conventions
seraient exécutées. Peu à peu il changea de langage;
on ne m'avait pas promis les procès-verbaux eux-mêmes,
mais seulement les notes. Je demandai donc ces notes.
Il me répondit qu'il ne les avait plus. Enfin, après cette
longue suite d'ajournement, M. Dubois me déclara
qu'il avait reçu les ordres de la Commission, qu'elle
rejetait ma demande, et il me congédia ainsi, sans
façon.

Une telle déclaration mettait fin à mes expériences.

Je le témoignai verbalement à M. Dubois, et, quelques jours après j'en prévins M. Roux par écrit.

Prendre des engagements et les violer fut donc la conduite de la Commission. Sans doute, il est difficile de l'admettre sur mon seul témoignage, mais nous avons celui du rapport lui-même, et l'on en croira peut-être les paroles de M. Dubois.

Il est dit (*Rapport, séance première*) :

« La conclusion de cette discussion, conclusion
» agréée du reste par M. Berna, fut que les deux
» pièces, qu'il nous avait présentées, les précautions
» et le programme, seraient annexées au procès-
» verbal. »

Cette insertion pouvait-elle être autre chose qu'une marque d'acquiescement, ou plutôt n'était-ce pas un commencement d'exécution du programme lui-même, puisqu'il y était dit (*art. 5 du procès-verbal*) :

« Les dispositions précédentes et les modifications
» qu'on pourra juger convenable d'y apporter devront
» être adoptées et signées pour que les expériences
» commencent. Elles figureront en tête du premier
» procès-verbal. »

Ainsi, demi-aveu de l'acceptation de mon programme.

Voici maintenant cet aveu plus complet :

« Le 10 mars, à sept heures et un quart du soir, la
» Commission s'était réunie pour assister à de nou-
» velles expériences. M. Roux donne lecture de la
» lettre de M. Berna (c'est celle qu'on a lue tout à
» l'heure). Après une courte discussion, les com-

« missaires, pour prouver à M. Berna qu'ils y met-
» tent toute bonne volonté possible, arrêtent :

» 1°. Qu'on conviendrait à l'amiable, et de vive
» voix, avant chaque expérience, des manœuvres
» principales qui seront employées ;

» 2°. Que copie des notes prises à chaque séance
» serait donnée à ce magnétiseur. »

On se rappelle que le programme appelait sur les
précautions ou mesures qu'il proposait l'examen et les
modifications de la Commission ; il n'imposait donc
point ses précautions, mais ce qu'il exigeait essentiel-
lement, c'était que les conditions des expériences
fussent discutées et réglées à l'avance. (*Voyez le programme et ma première lettre.*) Or, c'est ce que la
Commission arrête ici, en disant : 1° « qu'on convien-
» drait à l'amiable, etc. »

Ce que mon programme voulait en outre, c'était que
les procès-verbaux fussent vérifiés et rectifiés séance
tenante, et qu'il m'en fût délivré copie. (*Voyez le
programme et ma deuxième lettre.*) La Commission y
consent encore, puisqu'elle *arrête*, 2° « que copie des
» notes prises à chaque séance serait donnée à ce *ma-
» gnétiseur.* »

A la vérité, il n'est.pas dit ici que les notes *auront
été vérifiées et rectifiées immédiatement;* mais on lit un
peu plus bas (fin de cette séance) : « Ceci terminé, les
» notes sont *immédiatement lues* en présence de
» M. Berna. Cette lecture n'amène que de *légères
» modifications,* qui ne changent en rien le fond des
» choses. ».

M. Dubois a pensé, avec raison, qu'en voyant ici exécutée cette mesure, sur l'importance de laquelle j'avais tant insisté, on en concluerait qu'elle venait d'être, comme le reste, *arrêtée* par la Commission ; c'est là, n'en doutons pas, le seul motif qui fait qu'elle ne figure pas dans l'énoncé de ces conventions.

Maintenant nous trouvons (*fin du rapport*) :

« Ainsi s'est terminée cette mémorable séance. Peu
» de jours après, M. Berna vint demander copie inté-
» grale de tous les procès-verbaux. Le rapporteur lui
» répéta qu'il était prêt à lui en faire lecture ; mais que,
» pour lui en délivrer copie, il ne le ferait que sur
» l'ordre de la Commission ; que, du reste, il con-
» sulterait chaque membre à ce sujet. M. Berna
» vint plus tard chercher la réponse ; elle était né-
» gative. »

Et plus loin : « M. Émery soutint que ce serait aller
» au-delà de ses devoirs..... Assez de *concessions* ont
» été faites, disait-on..... Mais ce magnétiseur préten-
» dait refondre nos procès-verbaux : aujourd'hui, il
» veut en posséder une copie : ces conditions ne peu-
» vent être acceptées. »

Ainsi, tout à l'heure, aveu formel que la copie des procès-verbaux m'était promise ; et maintenant, aveu non moins formel qu'elle me fut refusée. Tout à l'heure, cette copie était un droit ; maintenant, c'est une prétention ; on dirait même qu'il en est question ici pour la première fois.

M. Dubois dit dans un autre endroit :

« Ce sont ces réflexions qui n'ont pas permis à

» vos commissaires de se dessaisir de leurs procès-
» verbaux. »

Depuis quand des réflexions, si puissantes qu'elles
soient, ont-elles pouvoir de nous délier de nos engagements?

Admettons cependant cette singulière doctrine,
et voyons ce qu'y gagne le rapporteur. *On pouvait,*
dit-il, *abuser de nos procès-verbaux.* De quelle manière?
Pour abuser des procès-verbaux, pour faire circuler
dans le monde des faits mensongers, comme M. Dubois me fait l'honneur de m'en supposer capable, nul
besoin n'était de posséder ces procès-verbaux; et, dans
ce cas, non seulement il était impossible d'en faire
abus, mais il était même imprudent d'en faire usage.
Puisqu'ils étaient l'expression de la vérité, n'eussent-
ils pas décelé le mensonge? n'eussent-ils pas nié précisément ce qu'on avait besoin de leur faire affirmer?

Voilà pourtant les réflexions qui *ont empêché les
commissaires de se dessaisir de leurs procès-verbaux!*
M. Dubois aurait plus gagné ici à se taire qu'à montrer tant de logique. Ce qui suit n'est pas de moindre
force:

« Il est convenu que si M. Berna le désire, il pourra
» en prendre copie chez M. Dubois, et en présence
» de ce commissaire, bien entendu.

» Dans l'intervalle de ces deux séances, M. Berna,
» vint effectivement chez le rapporteur: déjà même il
» avait commencé d'en prendre copie; mais, comme les
» notes n'étaient qu'une sorte de canevas *sans rédaction,*
» *sans correction, sans style enfin,* il lui prit envie d'avoir

» la copie non des notes, mais des procès-verbaux. Le
» rapporteur, sans exprimer à M. Berna toute sa pensée,
» lui objecta qu'il ne pouvait prendre sur lui de déli-
» vrer un travail rédigé et adopté par la Commision,
» qu'il consulterait ses collègues sur cette prétention. »

Quelle différence, en effet, entre les notes et les procès-verbaux! Qu'étaient les notes? un simple exposé,
complet à la vérité (les notes venaient d'être vérifiées),
mais brut, *sans correction, sans rédaction, sans style*
enfin. Que seraient les procès-verbaux? Le même exposé, plus *de la rédaction*, plus *du style*, première différence. Les procès-verbaux seraient un *travail rédigé et*
adopté par la Commission; or les notes venaient d'être lues
en présence de celle-ci, *modifiées, adoptées* par elle, *rédi-*
gées et *signées* par M. Dubois et par moi, deuxième
différence. *On pouvait abuser des procès-verbaux,* on ne
pouvait pas également abuser des notes, troisième différence.

« Au reste, rien n'était fait en secret parmi
» nous. Le magnétiseur a toujours pu avoir communi-
» cation orale et fidèle et complète des procès-verbaux ;
» aller plus loin, c'eût été transgresser nos devoirs. »

Ce n'est pas en remplissant ses engagements, c'est en
y manquant qu'on *transgresse* ses devoirs.

M. Dubois présente cette copie des procès-verbaux
comme l'objet principal et constant de mes réclamations; il n'en est rien : ce que je voulais avant tout,
c'était que les procès-verbaux fussent exacts; ceux dont
on me fit la lecture, ceux dont on me donna *communi-*
cation orale n'étaient rien moins que cela. La Commis-

sion ne tint aucun compte ni de sa promesse, ni de mes
instances à cet égard; M. Dubois ne le nie pas, il,
avoue même ingénument pourquoi : C'est que les rec·
tifications eussent été trop nombreuses; c'est qu'il eût
fallu refondre entièrement les procès-verbaux. Citons
encore textuellement : « Assez de concessions, disait-on,
» ont été faites depuis le commencement des séances :
» les procès-verbaux ont été lus à M. Berna chaque fois
» qu'il en a manifesté le désir ; il pouvait même assister
» à leur discussion, proposer des modifications, des
» rectifications; mais ce magnétiseur prétendait *re-*
» *fondre entièrement* nos procès-verbaux. » Eh bien ! il
les fallait *refondre entièrement,* si cette refonte était
nécessaire. « Les notes, dit M. Dubois (2ᵉ séance) sont
» lues immédiatement en présence de M. Berna ; cette
» lecture n'amène que de légères modifications sur les·
» quelles on tombe d'accord. » Puisque je m'étais contenté de *modifications légères* pour ce procès-verbal,
pourquoi ne m'en serais-je pas contenté pour les autres,
s'ils avaient, comme celui-ci, approché de la vérité. Si
j'en demandais davantage, si je *prétendais refondre en-*
tièrement les procès-verbaux, c'est donc que ces procès-
verbaux étaient radicalement inexacts.

   « Le 5 mai, ce magnétiseur prit le parti d'écrire au
» président de la Commission : dans cette lettre, il se
» plaignait du refus qui lui avait été fait; il serait
» forcé, disait-il, de discontinuer ses expériences, si l'on
» n'accédait à sa demande. »

   Je ne disais point dans cette lettre que je serais forcé

de discontinuer mes expériences, si l'on n'accédait à ma demande ; je disais que, la Commission refusant de remplir ses engagements, je discontinuais les expériences. Au reste, voici cette lettre.

« Monsieur le président,

» Il avait été formellement convenu que les pro-
» cès-verbaux de nos expériences, ou du moins la rela-
» tion brute et en même temps circonstanciée qui devait
» servir de base à ceux-ci, serait lue et vérifiée chaque
» fois, séance tenante, et qu'il m'en serait remis ensuite
» une copie. J'avais déclaré, en effet, qu'à cette condition
» seulement j'étais disposé à soumettre à la Commis-
» sion des faits somnambuliques. MM. les commis-
» saires ne sauraient l'avoir oublié; et, au besoin,
» mes lettres des 3 et 10 mars sont encore là pour l'at-
» tester.

» J'ai donc eu lieu de m'étonner, Monsieur le prési-
» dent, que, dans toutes nos séances, une seule exceptée,
» MM. les membres de la Commission se soient trouvés,
» pour la plupart, disposés à partir dès qu'il s'agissait
» de vérifier le procès-verbal; qu'ils aient toujours cru
» pouvoir à l'avance déclarer insignifiantes les omis-
» sions qui me semblaient importantes, et que je de-
» mandais à signaler, et qu'enfin, malgré mes ré-
» clamations continuelles, cette rectification des
» procès-verbaux ait toujours été ainsi indéfiniment
» ajournée.

» Mais ce qui doit me surprendre encore davantage, et
» ce que je cherche en vain à m'expliquer, c'est qu'après

» m'avoir fait attendre pendant plus d'un mois la copie
» des procès-verbaux, dont je n'étais pas encore parvenu
» à me procurer un seul, et que je me bornais à ré-
» clamer tels qu'ils étaient établis; après m'avoir assuré
» chaque fois que je pouvais être tranquille, que les
» conventions seraient exécutées, et que des occupa-
» tions trop nombreuses étaient seules causes du retard
» dont je venais me plaindre, M. le secrétaire m'ait dé-
» claré tout à coup, au nom de la Commission, que
» cette communication m'était maintenant refusée.

» La Commission juge à propos de revenir sur une
» chose convenue : elle trouve de l'inconvénient à
» laisser prendre copie d'un procès-verbal, et elle n'en
» trouvait pas à en donner lecture. Je n'ai rien à dire
» là dessus; seulement je continue à croire que des ex-
» périences comme celles dont il s'agit, des expériences
» que la moindre omission dans l'exposé des circons-
» tances peut si facilement dénaturer ou frapper de
» nullité, exigent, quelles que soient l'impartialité et
» l'habileté du secrétaire, les précautions dont j'ai parlé,
» et j'avais dû compter sur leur stricte exécution.

» Je regrette donc, Monsieur le président, que ma ma-
» nière de voir ne s'accorde pas avec celle de la Com-
» mission et qu'il ne me soit plus permis de poursuivre
» devant elle des expériences trop peu nombreuses jus-
» qu'ici pour avoir pu, dans un sens ou dans l'autre,
» remplir le but qu'elle s'était proposée. » 3 mai 1837.

Cette lettre n'exigeait point de réponse; la Commission jugea nécessaire d'en faire une : en persistant

dans leur refus, les commissaires me demandaient,
par l'organe de leur secrétaire, si j'avais encore des faits
à leur exposer. Je répondis :

« Monsieur,

» Vous me demandez, au nom de MM. les
» commissaires, si j'ai de nouveaux faits à leur ex-
» poser : ma lettre à M. Roux a déjà répondu. Assuré-
» ment ; les faits que j'avais l'intention de soumettre
» à la Commission ne devaient pas se borner au petit
» nombre d'expériences dont elle a été témoin ; mais,
» du jour où MM. les commissaires, malgré nos conven-
» tions expresses, m'ont refusé la rectification et
» même la communication des procès-verbaux, je n'ai
» plus dû rien avoir à leur montrer ; et quant à ces
» procès-verbaux discutés et adoptés, dites-vous, par
» la Commission, je puis ajouter que cette discussion
» et cette vérification ont été nécessairement incom-
» plètes, puisqu'elles n'ont point porté sur des modifi-
» cations importantes que je demandais à signaler, et
» qu'ainsi ces procès-verbaux ne se trouvent point ce
» qu'ils devraient être, l'expression réelle des faits. »

Voilà la lettre,

Voici la traduction :

« Pour réponse ultime, M. Berna écrivit, le 26 mai,
» au rapporteur qu'*il n'avait plus rien à montrer*. »

On vient de voir comment la Commission me força
d'abandonner les expériences, et comment le petit
nombre de celles dont je pus la rendre témoin demeura
à la merci de son secrétaire. Il me reste à montrer ce
qu'il sut en faire.

CHAP. V. *Ce que furent les expériences devant la Commission, ce qu'elles sont dans le rapport.*

PREMIÈRE SÉANCE.

Exploration de la sensibilité. — M. Dubois trouve le secret de montrer le sujet insensible dans la veille et sensible durant le sommeil magnétique. — Méprises du rapporteur. — Il propose une expérience qui n'a point de sens. — Une autre réussit sous ses yeux : il décrit à la place une expérience qui n'a point été faite et qui ne pouvait l'être.

Dans le nombre de ces expériences, un phénomène se reproduisit une multitude de fois, toujours le même et toujours évident : je veux parler de l'insensibilité aux piqûres ; le passer complètement sous silence était impossible ; l'atténuer était bien, et pourtant c'était encore trop que d'avoir à dire : *La jeune fille, dans l'état prétendu magnétique, n'a jamais paru s'apercevoir qu'on la piquait.* Mais cette déclaration serait loin d'avoir un mauvais effet si l'on apprenait que la jeune fille, hors de l'état *prétendu* magnétique, n'en était pas plus sensible aux piqûres ; puis, comme si les faits étaient d'intelligence avec M. Dubois, on eut à raconter celui-ci :

« La jeune fille, introduite au milieu des commis-
» saires, dans le salon de M. Roux, y est accueillie avec
» prévenance et affabilité. On s'entretient avec elle de
» choses indifférentes, dans le but de constater, avant
» tout essai de magnétisation, jusqu'à quel point, dans

» l'état ordinaire, elle est sensible aux piqûres. On lui
» a enfoncé, à la profondeur d'une demi-ligne environ,
» des aiguilles de force moyenne , que M. Berna avait
» apportées *lui-même*. On fit pénétrer leurs pointes au
» cou et à la main de cette jeune personne. Interrogée
» par quelques uns des commissaires et avec l'air du
» doute, si elle sent les piqûres, elle répond positive-
» ment à MM. Roux et Caventou qu'elle ne sent
» rien. Sa figure n'exprime, du reste, aucune douleur.
» Rappelons à l'Académie qu'elle était encore et dûment
» éveillée, de l'aveu de son magnétiseur, qui n'avait
» encore commencé aucune de ses manœuvres ; ceci
» ne concordait guère avec le programme, car l'insen-
» sibilité ne devait être accusée que dans l'état dit de
» somnambulisme, ou à peu près, et par l'injonction
» mentale du magnétiseur, qui, elle-même, ne pouvait
» être faite que dans cet état. »

Cette scène eut lieu entre MM. Roux, Dubois,
Bouillaud , Caventou et la jeune fille. Quant aux autres
commissaires et moi, il fut convenu, sur ma demande,
que nous nous tiendrions dans une pièce voisine.

« Vos commissaires, poursuit le rapporteur, étaient
» donc un peu surpris de ce singulier début : Com-
» ment, vous ne sentez rien? lui dit-on ; mais vous
» êtes donc absolument insensible? Alors elle finit par
» avouer qu'elle sentait un *petit peu* de douleur. »

Cette surprise et ce dialogue sont appropriés au récit
qui précède, mais celui-ci n'est pas exact. En effet,
après cette exploration préalable, tous les commissaires

et moi, nous nous réunîmes de nouveau, et là M. Roux nous apprit que, parmi les piqûres qu'on avait faites, quelques unes paraissaient n'avoir point été senties. Il répéta cette déclaration dans une autre séance.

Après avoir dit que le sujet ne s'était pas montré plus sensible avant que pendant le sommeil, M. Dubois se demande (Rapp., 1ʳᵉ conclusion):

« Était-ce erreur de sa part?

» Était-ce pour jeter intempestivement de l'intérêt » sur sa personne?

» Était ce impassibilité naturelle ou acquise par l'u-» sage? »

Il ajoute :

« C'est ce que vos commissaires ne peuvent dé-» cider. »

Voilà trois solutions pour une seule énigme; nous allons voir qu'aucune d'elles n'en donne le véritable mot.

1°. *Était-ce pour jeter intempestivement de l'intérêt sur sa personne?* Étant admis qu'elle voulait tromper, elle savait sans doute que, pour le moment, c'était en accusant de la douleur qu'elle jetterait de l'intérêt sur sa personne. Un rôle aussi facile ne comporte pas de méprise aussi grossière, il faut donc renoncer à cette supposition.

2°. *Était-ce impassibilité naturelle?* Faisons d'abord une remarque ; c'est que le programme n'ayant mis en dehors des expériences que la face seulement, les commissaires ont pu et dû piquer indistinctement toutes les autres parties du corps, en sorte que l'*impassibilité* se serait étendue à toute la peau. Ce n'est donc pas moins qu'une anesthésie universelle que la Commission avait en présence. On trouve cette supposition déjà passablement singulière et hasardée. Mais que semblera-t-elle quand on songera que la jeune fille, frappée d'une telle infirmité, allait, venait, se remuait avec agilité, avait le plein et libre exercice de toutes ses fonctions, et offrait les caractères de la plus florissante santé ! Les annales de la médecine ne renferment pas, que je sache, un seul fait de cette nature.

3º. *Était-ce impassibilité acquise par l'usage ?* Représentons-nous la jeune fille s'exerçant pendant des mois, des années, un temps enfin qu'il n'appartient qu'à M. Dubois d'évaluer, à ne rien sentir quand on la pique; et puis demandons-nous quel a dû être le fruit de cette laborieuse gymnastique. Est-ce simplement de pouvoir dissimuler la douleur? la supposition veut davantage. Est-ce de transformer une sensation pénible en une impression indolore? ce n'est pas encore assez ; car cette impression, pour n'être pas douloureuse, n'en aurait pas moins averti la jeune fille de feindre de la douleur. Était-ce qu'elle n'eût pas même conscience des piqûres? c'est cela même. Cette jeune fille était si fort accoutumée qu'on lui enfonçât des aiguilles dans les diverses parties du corps, qu'elle s'en apercevait moins que du contact de ses vêtements, et l'on s'explique ainsi à merveille que, dans le moment où elle avait le plus grand intérêt à se montrer sensible, les efforts de son

attention ne purent lui traduire une seule des stimula-
tions dont elle était l'objet.

Tout insoutenable que paraisse cette hypothèse
d'une *impassibilité naturelle ou acquise par l'usage*, je
l'admettrai pourtant, si elle explique ce qui s'est passé ;
mais on va voir qu'elle ne résout rien et qu'elle multi-
plie les difficultés.

1ʳᵉ *difficulté.* Le programme porte que l'action mentale du magnétiseur rappellera la sensibilité, soit dans
le corps entier, soit dans une partie quelconque. Comment le magnétiseur a-t-il pu songer à une telle expérience?

2ᵉ *difficulté.* M. Dubois s'est assuré que la somnam.
bule distinguait les nuances de température, et il signale
comme une contradiction la co-existence de cette faculté
avec l'insensibilité magnétique. Ces deux phénomènes
cessent-ils de s'exclure par cela seul qu'il leur refuse une
origine magnétique.

3ᵉ *difficulté.* Que fera-t-il de la belle manœuvre (1)
par laquelle, mieux avisé que M. Bouillaud, il provoqua
chez la somnambule un mouvement de déglutition, et
lui déroba, dit-il, un signe de douleur. A-t-il voulu
prouver, au commencement de son rapport, qu'il avait
tort à la fin?

4ᵉ *difficulté.* Puisqu'il y avait projet arrêté de ma
part de faire honneur au magnétisme de cette *impassibilité naturelle*, il était arrêté aussi sans doute de la ga-
rantir d'une exploration prématurée. Eh bien ! tandis

(1) Voyez plus loin, pages 74 et 75.

que la nécessité de cette mesure eût frappé l'esprit le
plus inattentif et le plus grossier, c'est tout l'inverse
que fait le magnétiseur ; il propose de prime abord cette
exploration ; il livre le sujet aux quatre commissaires
les moins bienveillants ; puis, sans aucun souci de ce
qui arrivera, il se tient à l'écart !

.4.ᵉ *difficulté. Est-ce impassibilité ?... C'est ce que vos
commissaires ne peuvent décider,* dit le rapporteur. Une
question qui, résolue affirmativement, présentait le
double avantage d'enrichir la science d'un fait inoui,
et de dévoiler une manœuvre coupable, valait bien la
peine qu'on s'efforçât de la *décider*. La Commission
ne le tente même pas ; elle s'informe de la jeune fille si
elle est sensible, et s'en tient là, inclinant à lui supposer
une insensibilité générale comme elle lui eût supposé
une migraine. Tout ici est surprenant, le phénomène,
l'impuissance des commissaires à le vérifier, et leur incu-
riosité. Mais, si tout cela n'était pas une fiction, les commissaires n'eussent rien négligé pour constater un fait
aussi étrange ; ils eussent multiplié les questions, les
enquêtes ; ces messieurs eussent été flattés, au retour
de leur expédition contre le magnétisme, de pouvoir
raconter à l'Académie comment avait été exploité
un individu alègre, ingambe, dont la peau, des
pieds à la tête, était une cuirasse d'acier. Prise en fla-
grant délit, cette jonglerie d'une si rare espèce eût
fait *valoir* le rapport autant, pour le moins, que les
nombreux petits moyens que M. Dubois n'a pas mé-
prisés.

Le fait qui nous occupe ne se prête, selon M. le rapporteur, qu'à trois conjectures raisonnables. On vient de voir combien deux d'entre elles touchent à l'évidence; la troisième, ou plutôt la première, est exprimée ainsi : *Était-ce erreur de sa part ?*

On se rappelle la deuxième : *Était-ce pour jeter intempestivement de l'intérêt sur sa personne ?* Celle-ci n'est qu'un cas particulier de l'autre, car, méconnaître le moment opportun de jeter de l'intérêt sur sa personne, c'est assurément *erreur de sa part;* ces deux conjectures font donc double emploi; mais M. le rapporteur tenait à en avoir trois. Toutefois, quand il mit bénévolement, *était-ce erreur de sa part ?* il ne se doutait guère qu'une justification se cachait sous ces mots. Expliquons-nous.

On pique la jeune fille une fois, deux fois, plusieurs fois en silence; son maintien et ses mouvements témoignent qu'elle sent; c'est ce que déclare le président et ce que veut oublier le rapporteur. On la pique encore quelque temps sans lui parler; enfin on se décide à l'interroger sur ce qu'elle éprouve. Est-ce immédiatement après une tentative? personne ne le sait. Supposons donc que, deux minutes après l'avoir piquée, on lui dise : Souffrez-vous? il peut *y avoir eu erreur* de sa part sur le sens de ces paroles, surtout si elles furent mêlées à d'autres propos. En répondant : *Je ne souffre pas,* qu'elle s'imagine qu'il s'agit de sa santé en général, elle croira dire : *Je me porte bien;* qu'elle se figure qu'on lui demande si la douleur a cessé, elle croira dire : *Je ne souffre plus.* Cette nouvelle question : *Quoi! vous êtes donc insensible ?* l'aura instruite de sa méprise, et elle aura répondu : *J'ai senti de la douleur.*

Cette explication est simple et naturelle. Il n'a fallu pour la trouver ni grand talent ni pénétration profonde, et c'est pourquoi, n'en doutons pas, elle a pu échapper à M. Dubois.

Ainsi, nul doute que, dans l'état ordinaire, cette jeune fille ne fût, comme tout le monde, sensible aux piqûres. Or, elle devait s'y montrer insensible pendant toute la durée du sommeil magnétique. C'était la première expérience. M. Dubois en commence ainsi la relation :

« Quel devait être ici, messieurs, le rôle de vos
» commissaires? Médecins, chirurgiens, physiciens,
» tous savaient que les preuves de l'abolition de la
» sensibilité sont de deux ordres : que les unes sont
» déduites des assertions des sujets, et reposent sur leur
» moralité ; que les autres sont déduites des indices de
» l'habitude extérieure, ou du langage d'action. Or,
» les premières doivent être considérées comme nulles,
» lorsqu'il s'agit d'individus qui ont intérêt à tromper,
» à induire en erreur. Restaient les signes muets ar-
» rachés par la douleur. »

Fallait-il donc le concours de plusieurs médecins, chirurgiens, physiciens pour découvrir que les assertions et les attitudes de la somnambule formaient deux ordres d'exploration bien distincts? Non, mais il fallait d'abord une grande phrase à effet, et ensuite l'insinua-

tion que j'avais proposé la moralité de mes sujets
comme un élément de vérité.

Suivant M. Dubois, mon programme apportait aux
moyens réellement propres à provoquer et à vérifier la
douleur des restrictions telles « qu'en raison de ces
» circonstances, une impassibilité, même absolue, ne
» pouvait être une preuve concluante d'abolition de
» sensibilité. » (Rapport, deuxième conclusion.)

« M. Berna, dit-il, nous avait armés d'aiguilles de
» moyenne force qu'il avait apportées *lui-même*, et il
» était prescrit au programme que nous n'irions pas
» au delà d'une *demi-ligne*. » Voyez le programme
(1re *exp.*, *constatation de l'insensibilité*), et vous y trouverez ces mots : *La somnambule est insensible jusqu'à la
profondeur d'une ligne environ.*

« Mais, continue M. Dubois, ce n'est pas tout. Si,
» en profondeur, nous n'avions qu'une demi-ligne,
» en surface nous n'avions *que* les mains et le cou. »
Le programme porte : *La somnambule est insensible
dans* TOUTES *les parties du corps*, excepté à la face,
où les piqûres déterminent parfois un léger mouvement.

« Mais ce n'est pas tout encore, ajoute le rappor-
» teur ; comme sur le programme il y avait ces mots,
» mis transitoirement : *Elle sent les différences de
» température*, il nous était interdit de chercher à
» provoquer de la douleur à l'aide d'un corps en igni-
» tion. »

Est-ce tout, enfin ? Oui, et M. Dubois conclut :

« qu'on ne pouvait provoquer que des sensations dou-
» loureuses très modérées; qu'on ne pouvait les faire
» naître que sur des parties habituées, peut-être, à ce
» genre d'impression ; que ce genre d'impression était
» toujours le même, qu'il résultait d'une sorte de ta-
» touage, et qu'enfin la figure, et surtout les yeux, où
» se peignent plus particulièrement les impressions
» douloureuses, étant cachés aux commissaires,
» ceux-ci ne pouvaient suffisamment juger des émotions
» du sujet. » (Rapp., 2ᵉ conclusion.)

Reprenons successivement ces assertions :

1°. « *On ne pouvait provoquer que des sensations
douloureuses très modérées.* »

Il est vrai que des *aiguilles ne sont pas des instruments
de torture;* mais il est également vrai qu'on ne saurait
contenir sa douleur, lorsqu'on est ainsi piqué à l'improviste, pendant un récit et en plusieurs endroits à la
fois. (*Voyez programme.*) Que fallait-il de plus ?

« *On ne devait piquer qu'à la profondeur d'une demi-
ligne,* » non, mais d'une ligne environ. On pouvait
donc traverser la peau ; et, puisque de tous les organes
la peau est le plus sensible, qu'eût-on gagné à enfoncer
plus avant ? Léser inutilement les parties, j'avais voulu
l'éviter.

Mais la somnambule sentait les différences de température (progr.), et même, touchée du bout du
doigt par M. Cloquet, elle déclare sentir aussi cette
impression (Rapp.). Que s'ensuit-il ?

La chaleur, le contact d'un corps animé, les dila-

cérations ou piqûres sont trois modes de sentir qui ne
s'impliquent pas mutuellement. Ma somnambule n'é-
tait privée que de l'un de ces modes ; pour des *médecins*, des *chirurgiens*, des *physiciens*, était-ce là quelque chose de si étrange ? La somnambule déclare qu'elle
perçoit les attouchements. Que gagne-t-elle à cet aveu ?
Est-ce de s'épargner de la douleur ? non. Est-ce qu'elle
trouve trop difficile de dissimuler ce genre de sensation ? nullement. Est-ce pour donner plus de valeur à
son insensibilité aux piqûres ? Cette dernière pensée ne
pouvait être ni la sienne, ni celle du magnétiseur,
ni celle de personne. Si elle n'est point intéressée à se
dire sensible aux attouchements, il ne lui est pas difficile , non plus qu'à moi, de prévoir qu'un tel aveu lui
nuira dans l'esprit de M. Dubois. Pourquoi donc le fait-
elle ? C'est maladresse peut-être ; ce serait tout au moins
une bien inconcevable maladresse ; et voyez comme
mon Aristarque, ainsi que tous les détracteurs du magnétisme, savent mettre d'ensemble et d'harmonie dans
leurs dénégations. Ils expliquent les faits somnambuliques en supposant chez le même sujet l'alliance de la
niaiserie la plus stupide avec l'habileté la plus raffinée.

2°. « *On ne pouvait les faire naître* (ces sensations
douloureuses) *que sur des parties habituées, peut-être, à
ce genre d'impression.* »

On pouvait piquer les mains, le cou, la nuque, les
tempes, les parties naturellement couvertes, telles que
les bras, les pieds, en un mot, tout le corps, excepté la
face, et on le fit. C'est donc encore ici l'hypothèse

d'une insensibilité universelle acquise par l'usage. J'en ai démontré ailleurs toute l'absurdité.

3°. « *Ce genre d'impression était toujours le même ; il résultait d'une sorte de tatouage.* »

La comparaison peut être juste, mais elle n'est pas heureuse ; car le *tatouage* est très douloureux.

4°. « *La figure, et surtout les yeux, où se peignent plus particulièrement les impressions douloureuses, étaient cachés aux commissaires.*

Ne dirait-on pas que la douleur se peint uniquement dans le regard ? L'expression du reste de la face, et notamment de la bouche, le mouvement de la partie piquée, l'altération du timbre et du rhythme de la voix, n'étaient-ils pas autant de signes dont l'un ou l'autre allait nécessairement la trahir ?

« Quoi qu'il en soit, quelques uns de vos commis-
» saires, armés d'aiguilles, entre autres, MM. Bouillaud,
» Émery et Dubois, se mirent à piquer cette pauvre
» fille : elle n'accusa verbalement aucune douleur. Sa
» figure, autant que nous avons pu en juger, n'expri-
» mait aucun sentiment douloureux ; nous disons au-
» tant que nous avons pu en juger, car ses yeux étaient
» couverts d'un large bandeau : la moitié de sa figure
» nous était cachée ; il ne nous restait guère à observer
» que le front, la bouche et le menton. »

Comment donc fut piquée cette *pauvre fille ?* Était-ce pendant qu'elle parlait, était-ce à différents intervalles, en plusieurs endroits à la fois ? Quel fut approximativement le nombre des piqûres ? Tout cela était inutile à savoir, apparemment. MM. Émery, Bouillaud et Dubois se

mirent à piquer cette *pauvre fille*. Voilà tout ce que le
lecteur apprendra sur ce point ; il importait, en effet, de
lui cacher qu'elle fut piquée à l'improviste, pendant
qu'elle parlait, à différents intervalles, et en plusieurs
endroits à la fois ; que ses mains et son cou furent, en
quelque sorte, couverts de piqûres (1), comme je m'en
assurai le lendemain de cette séance.

Dans un si grand nombre de piqûres, aucune ne fut
sentie ; aucune, je me trompe, il y en eut une, une
seule, et celle-là, ce fut précisément M. Dubois qui la
fit, et ce fut précisément au menton qu'il imagina de
la faire. A quoi bon, direz-vous, piquer un tel endroit,
ou quelle conclusion en tirer, puisque la face était mise
en dehors des expériences (*Prog. et rapp.*)? Voici l'explication : Le dessous du menton est bien près du menton
et n'appartient plus à la face. Substituer l'un à l'autre
dans le récit ne pouvait embarrasser M. Dubois, et c'en
était assez pour transformer un fait insignifiant en un
beau fait négatif. De cette manière, en effet, la somnambule aura fait un léger mouvement non point parce
que la partie piquée conservait, de mon propre aveu,
un reste de sensibilité, mais parce que, mieux avisé que
ses collègues, M. Dubois aura enfoncé la pointe de son
aiguille avec plus de force. Après l'expérience, j'aurai
fait des représentations au rapporteur, non point pour
lui rappeler l'inutilité d'une telle tentative, mais pour

(1) La plupart de ces piqûres ayant été faites à mon insu, ce
que je dis ici de leur nombre ne contredit point ce que je disais,
dans une de mes lettres, du peu de soin et d'intelligence que les
commissaires voulurent mettre à cette exploration.

réclamer, recommander dans un tout autre but : voici
enfin ce qui sera arrivé :

« M. Bouillaud, dans ses tentatives, n'allait pas au
» delà des limites convenues ; mais le rapporteur ayant
» enfoncé sous le menton la pointe de son aiguille avec
» plus de force, la somnambule fit, à l'instant même et
» avec vivacité, un mouvement de déglutition. M. Berna
» s'en aperçut, se récria et fit de nouvelles recomman-
» dations.

» Néanmoins, continue M. Dubois, le magnétiseur,
» poursuivant le cours de ses expériences, prévint les com-
» missaires qu'il allait, par la seule intervention de sa vo-
» lonté, paralyser, soit du mouvement, soit de la sensibi-
» lité, telle partie du corps qu'on voudrait lui indiquer. »

Je n'ai point ainsi prévenu les commissaires ; seulement je les priai de ne pas tarder plus longtemps à choisir
une expérience parmi celles énumérées en mon programme, et je répétai cette énumération. En effet, les
commissaires semblaient fort embarrassés pour choisir
entre des expériences sur lesquelles ils jetaient le premier coup d'œil, et qu'ils ne comprenaient même pas :
je dis qu'ils ne les comprenaient même pas, et je le
prouve. L'insensibilité était chez cette jeune fille une
propriété inhérente à son somnambulisme, n'exigeant
point, par conséquent, le concours de ma volonté, et persistant jusqu'au réveil ; c'est ainsi que le déclarait mon
programme. Eh bien ! la Commission a compris tout le
contraire, témoin d'abord cette phrase du rapport :
« Ceci ne concordait guère avec le programme ; car l'in-
» sensibilité ne devait être accusée que dans l'état de

» somnambulisme, ou après et par l'injonction mentale
» du magnétiseur, faite elle-même en cet état. » Témoin encore cette *paralysie de sensibilité* que M. Dubois
me prescrit ici à deux reprises différentes, croyant que
la somnambule n'est plus insensible, tandis qu'elle l'est
toujours.

« Les commissaires y mettent (à ces expériences)
» les conditions suivantes :

« M. Berna gardera le silence le plus absolu, il re-
» cevra, des mains des commissaires, des billets sur les-
» quels seront indiquées les parties à priver ou à douer
» de sensibilité ou de mouvement, et il avertira, en fer-
» mant l'un de ses yeux, que le fait a lieu et qu'on peut
» le vérifier. »

Puisque les commissaires y mettent (aux expériences)
ces conditions, on doit penser déjà que mon programme
ne les y avait pas mises ; le moindre doute n'est plus
permis quand on lit plus bas : « Ajoutez que toujours,
» dans son programme, M. Berna avait pris des précau-
» tions qui ne sont pas les nôtres. »

Eh bien ! qu'on se reporte encore à ce programme,
on y trouvera (Précaut. gén., art. 5) *silence absolu. Id.*
(art. 5) *recevoir des commissaires au moment de l'expé-*
rience une carte sur laquelle celle-ci est indiquée
(Précaut. part., 3ᵉ exp., restitution de la sensibilité);
avertir en levant la main, qu'on peut vérifier.

Entre ces précautions et celles de la Commission, voici
donc la différence : des billets au lieu de cartes, pour
désignation de l'expérience ; fermer un œil au lieu de
lever la main pour signal, et cela, quand la somnambule

a un bandeau sur les yeux, que le silence et l'absence de contact sont observés autour d'elle, quand elle est mise, en un mot, dans l'impossibilité de saisir un signal quel qu'il soit!

Ainsi les commissaires semblent opposer aux précautions de mon programme des précautions bien supérieures, et, sauf des changements puérils, ces précautions se trouvent précisément celles de mon programme lui-même : elles semblent m'être imposées malgré moi, et c'est moi qui les ai demandées, qui me les suis imposées tout le premier. M. Dubois ne s'en tient pas là; le croirait-on? ces conditions qui sont les miennes, il va jusqu'à dire que je les refuse; et ce n'est pas encore assez : à un refus qui décèle la mauvaise foi, il faut un prétexte qui peigne l'ineptie; ce dernier trait complétera le tableau : je n'avais point voulu m'engager à agir sur des parties trop limitées, plus tard on verra pourquoi; ceci n'avait évidemment aucun rapport avec les conditions des expériences, le silence absolu, etc. Cette limitation des parties sera, dès lors, un excellent prétexte à me faire apporter au refus de ces conditions; j'aurai donc dit que je ne puis les accepter, *parce qu'elles* SORTENT *de mon programme, parce que les parties sont trop limitées.*

L'expérience de l'insensibilité générale occupa la plus grande partie de cette séance, le reste se passa en méprises et en explications; voilà pourquoi M. *Berna crut ne pas devoir faire davantage.*

» Il nous prévint qu'il allait ce qu'il appelait réveiller la somnambule, et qu'en même temps il lui rendrait toute sa sensibilité. »

M. Dubois me fait proposer plus haut à la Commission d'enlever la sensibilité à la somnambule ; comme il ajoute que cette expérience fut ajournée, il s'ensuit que la somnambule demeure toujours pourvue de la sensibilité qu'il lui supposait alors. Comment donc peut-il me faire dire ici que je vais la lui rendre? Ces méprises multipliées prouvent que mes expériences étaient bien confuses dans la tête du rapporteur. Il n'en est pas moins vrai pourtant qu'en réveillant la somnambule je lui rendis sa sensibilité. C'est qu'effectivement elle était insensible pendant tout son somnambulisme. Voilà ce qu'ignorait M. Dubois, malgré mon programme, malgré mes explications répétées, malgré la simplicité des expériences. S'il avait pu dire ce que je proposai réellement, on verrait que c'était l'expérience décrite au programme en ces termes :

« 8°. D'après l'ordre mental qui en aura été enjoint
» dans l'état somnambulique, persistance au réveil de
» l'insensibilité et persistance aussi de la faculté de
» perdre et de recouvrer cette sensibilité à la volonté
» du magnétiseur. »

On le voit, il ne s'agissait nullement ici de reconnaître qu'éveillé le sujet était redevenu sensible ; il s'agissait de constater, au contraire, que, rentrée dans l'état de veille, la jeune fille conservait, si telle avait été ma volonté pendant qu'elle dormait, son insensibilité somnambulique, et se trouvait, comme alors, susceptible de reprendre momentanément à ma volonté la faculté de sentir, pour retomber bientôt, et pour un temps plus ou moins long, dans l'insensibilité.

Telle fut l'expérience dont je prévins les commissaires ; on la fit, et elle réussit. J'avais à peine déclaré la jeune fille éveillée en lui ôtant son bandeau, que M. Bouillaud, placé derrière elle à dessein, la piqua à la nuque. Elle ne fit aucun mouvement ; quoique éveillée, elle avait donc conservé son insensibilité. Sur un signal de M. Bouillaud, je veux dans ma pensée qu'elle redevienne sensible. M. Bouillaud la pique encore à la nuque et à plusieurs reprises : chaque fois elle se retourne vers lui, lentement, mais à l'instant même ; elle a recouvré sa sensibilité. Après un certain temps, M. Bouillaud la pique encore de même : plus de mouvement. Elle est redevenue insensible. Pendant toute la durée de cette expérience, ses yeux étaient entr'ouverts ; MM. Pelletier et Caventou, placés devant elle, l'observaient et lui adressaient des questions.

Comparons ce récit à celui de M. Dubois.

« M. Bouillaud, à son invitation (du magnétiseur)
» vint d'abord se placer derrière la somnambule, prêt à
» la piquer à la nuque dès que le magnétiseur lui en
» ferait le signal. Lui, M. Berna, se plaça près de la
» jeune personne dans la même position que la pre-
» mière fois. Réveillez-vous, lui dit-il à deux reprises
» différentes. Puis, il enlève le bandeau et le coton qui
» lui couvraient les yeux, se penche de nouveau vers
» elle, alonge le bras gauche en arrière, arrête
» M. Bouillaud qui, sans doute, allait la piquer trop tôt ;
» puis, penché encore vers la jeune fille qui a les yeux
» parfaitement ouverts, il regarde M. Bouillaud ; ce
» commissaire pique alors la somnambule qui tourne

» la tête, et M. Berna s'écrie : Voilà la sensibilité re-
» couvrée. »

Ainsi l'on fait une expérience, et M. Dubois en
comprend et en décrit une autre. Son récit renferme à
peine la moitié des faits : on y trouve ceux qui peuvent
s'adapter à l'expérience telle qu'il l'a conçue ; et cette
expérience elle-même n'a point de sens ; c'est une sorte
d'énigme où tout ce qu'on saisit, c'est que la jeune fille
a les yeux grandement ouverts et qu'un bras intervient
et s'alonge à propos ; c'est, en effet, tout ce que
M. Dubois avait besoin qu'on y saisit.

Deuxième séance.

Paralysie des membres. — Résultat de ces expériences.
— Efforts du rapporteur pour atténuer ce résultat.

Trois expériences eurent lieu dans la séance suivante.
Dans les trois cas, il s'agissait de paralyser un membre
par le seul effet de ma volonté. La Commission semble
encore ici inventer des précautions, modifier les
miennes, et, comme toujours, les changements qu'elle y
apporte n'ont point de sens, ou se trouvent évidemment
inutiles. Ainsi, à chaque expérience, elle croit nécessaire
de changer de signal quand chaque fois la somnambule
est dans l'impossibilité de rien saisir de ce qui se passe
autour d'elle. Ainsi encore, M. Dubois interpose, entre
la somnambule et moi, une feuille de papier, et se procure
par là le double avantage d'offrir une précaution de
sa façon, et de faire soupçonner un contact frauduleux.

Voyons quel fut le résultat de ces expériences.

La première prescrivait la paralysie du bras droit. La somnambule accusa cette paralysie et, en outre, celle de la jambe du même côté.

La seconde prescrivait la paralysie de la jambe gauche. La somnambule accusa la paralysie du bras de ce côté.

Dans la troisième expérience, ce fut derechef la paralysie de la jambe gauche. La somnambule accusa encore la paralysie du bras de ce côté.

Ainsi, dans les trois cas, tout se passe au côté voulu. Dans le premier, le membre désigné se paralyse, mais l'autre avec lui. Dans le second et le troisième cas, le membre non prescrit obéit seul.

Que conclure de ces résultats?

Le programme montre (voyez 3ᵉ *exp. Obéissance à l'ordre mental de cesser le mouvement*) 1° que toutes ces questions : *Levez le bras, la jambe, tournez la tête,* etc., adressées au sujet pour vérifier le fait, devaient être amenées naturellement, comme elles le furent en effet, et de manière à ce qu'il n'en pût soupçonner le but; 2° que ces mêmes questions lui eussent été adressées dans tout autre cas, et qu'ainsi il lui fut chaque fois absolument impossible de deviner l'expérience; 3° que celle-ci était prise parmi près de quarante auxquelles il devait tout aussi bien s'attendre. La somnambule reconnaît donc qu'il s'agit d'une paralysie au côté droit, par exemple, et non d'une paralysie de l'ouïe, et non d'une paralysie du cou, et non d'une

6

paralysie de la langue, et non d'un retour de sensibilité, etc. Or, si tout cela ne lui vient ni du hasard, ni
des moyens de vérification, d'où lui vient-il?

« Ce sont là, vous dit M. Dubois, des expériences
» complètement manquées. »

« Lorsqu'on oblige un commissaire, pour la vérifica-
» tion d'un ordre de faits, de dire à une prétendue som-
» nambule : Levez la main gauche, levez le pied gauche,
» tournez la tête, etc., certes, elle peut fort bien, sans
» trop grande perspicacité, deviner qu'il s'agit de véri-
» fier si elle est paralysée d'un membre, et si alors elle
» commet une erreur, l'échec est complet. »

M. Dubois aurait parfaitement raison s'il disait vrai ;
mais M. Dubois ne dit pas plus vrai ici qu'en tant
d'autres endroits. Ce qu'il donne comme mes moyens
de vérification n'en est que la parodie. Dans le texte
de mon programme, ces moyens sont ce qu'ils devaient
être, satisfaisants, complets. Dans la traduction du rapporteur, ils sont ce qu'il avait besoin qu'ils fussent,
niais, ridicules. (*Voyez encore mon exposé où le texte et
la traduction se trouvent en regard.*)

En parlant d'une de ces expériences, le rapporteur
s'exprime ainsi : « L'expérience était manquée, et nous
» n'eûmes pas la bonhomie, malgré les termes du pro-
» gramme, de recommencer jusqu'à ce que nous ayons
» réussi ; » c'est encore une recommandation raisonna-
ble nécessaire de mon programme transformée en
ineptie ; car voici les termes du programme :

« Il ne faudra définitivement renoncer à chercher

» un phénomène qu'après des tentatives réitérées pour
» le produire; car il peut y avoir des causes nombreuses
» d'insuccès. »

M. Dubois poursuit : « Ce qui n'aurait pas man-
» qué d'arriver (la réussite de l'expérience), puisque
» nous n'avions à choisir qu'entre les quatre membres
» et la langue. » Je le répète, on avait à choisir entre
trente-huit expériences (1).

(1) En voici l'énumération.

RESTITUTION DE LA SENSIBILITÉ.

1°. *Au corps entier.* 2°. *A une partie isolée.*

1 Au corps entier.	12 A la main droite.
2 A la totalité du cou.	13 A la main gauche.
3 Au côté droit du cou.	14 A la cuisse droite.
4 Au côté gauche du cou.	15 A la cuisse gauche.
5 A la nuque.	16 Au genou droit.
6 A l'épaule droite.	17 Au genou gauche.
7 A l'épaule gauche.	18 A la jambe droite.
8 Au bras droit.	19 A la jambe gauche.
9 Au bras gauche.	20 Au pied droit.
10 A l'avant-bras droit.	21 Au pied gauche.
11 A l'avant-bras gauche.	

Paralysie de mouvement.

22 Aux deux bras.	29 Au bras et à la jambe gauche.
23 Aux deux jambes.	30 Au bras dr. et à la jambe g.
24 Au bras droit.	31 Au bras g. et à la jambe dr.
25 Au bras gauche.	32 A la langue.
26 A la jambe droite.	33 Du cou à droite.
27 A la jambe gauche.	34 Du cou à gauche.
28 Au bras et à la jambe droite.	

Paralysie de l'ouïe.

Ordre de n'entendre sur trois commissaires.

35 Aucun d'eux.	37 Que le 2e.
36 Que le 1er.	38 Que le 3e.

En tout 38 expériences.

« M. Bouillaud , dans le but de varier du moins un
» peu la monotonie de ces expériences, et d'agrandir leur
» cercle tout en restant dans le même ordre de faits,
» propose au magnétiseur d'ôter le bandeau qui couvre
» les yeux de la somnambule, et d'agir sur ses paupières
» comme sur des voiles doués de sensibilité et de mo-
» bilité. »

Si cette expérience eût été faite et eût réussi,
M. Bouillaud n'aurait pas manqué d'objecter qu'à travers l'écartement de ses paupières la somnambule avait
pu saisir quelque signal. Comment un observateur si
attentif, si sévère vient-il proposer une expérience à
l'avance frappée de nullité ?

« M. Berna s'y refuse. Cette expérience ne se trouve
» point sur son programme de faits concluants. » Elle
ne devait point s'y trouver.

« M. Bouillaud lui propose alors de vouloir bien
» paralyser les quatre membres à la fois de la demoiselle.
» M. Berna s'y refuse par les mêmes motifs. »

Chez le sujet dont il s'agit , j'avais remarqué , dans
mes expériences antérieures , que la concentration, la
fixation précise de la paralysie semblaient d'autant plus
difficiles à opérer que la partie se trouvait plus limitée.
Ainsi, ma volonté avait-elle commandé la paralysie
d'un doigt, le doigt voisin l'était aussi assez souvent;
comme, d'un autre côté, une paralysie trop générale ou
d'organes trop importants, des muscles de la poitrine,
du cœur, de quatre membres à la fois, provoquait un
trouble proportionné, en quelque sorte, à l'importance
de ces organes.

Or, je ne devais soumettre à la Commission que les faits dont le résultat était le plus net, et la réussite le plus probable. Pour opérer la paralysie, j'avais agi plus souvent, et avec un succès plus constant, sur certaines parties ; je ne devais proposer que celles-là : étaient-elles assez nombreuses, conjointement avec d'autres expériences, pour que le fait, s'il se produisait, ne pût être attribué au hasard : c'était tout ce qu'il fallait.

TROISIÈME SÉANCE.

M. Dubois donne pour une expérience manquée un fait que j'avais exclu de toute expérimentation. — Deux expériences inachevées, pourquoi? Une troisième mal conduite.

Dans la troisième séance, les commissaires commencent par s'étonner que « la demoiselle, censée en rapport » avec M. Roux seulement, réponde sans hésiter aux » questions de M. Cornac. » Les commissaires avaient donc oublié ce que je leur avais déjà maintes fois répété : qu'assez souvent la somnambule n'entendait que la personne mise en rapport avec elle, c'est à dire que je l'invitais d'entendre, mais que ce phénomène étant loin d'être constant, je n'y attachais aucune importance, et ne le proposais pas à leur examen. Rien d'étonnant, dès lors, que la *demoiselle*, en rapport avec M. Roux seulement, réponde sans hésiter aux questions de M. Cornac. Rien d'étonnant aussi, de me voir, dans un autre moment, répliquer à M. Oudet, que, n'étant pas en rapport avec lui, elle ne l'entendra probablement pas. Il n'y aurait là qu'une chose étonnante, inexplicable même, car on n'en concevrait pas le but ; c'est que, cette réponse, je l'eusse faite, comme le prétend M. Dubois : *Bien vite, et d'une voix élevée.* Ainsi encore, accusation dont l'absurdité trahit la faussté.

« M. Bouillaud, d'accord avec la Commission, désire qu'on commence par l'expérience suivante :

« Séparée de son magnétiseur par une porte fermée,
» la somnambule cessera d'entendre une personne dési-
» gnée sur son ordre mental. M. Berna déclare tout
» d'abord à la Commission que cette expérience, ainsi
» arrangée, a peu de chance de réussite ; néanmoins on
» y procède. »

Cet arrangement de l'expérience, la Commission l'avait encore trouvé tout fait dans mon programme. M. Dubois le dira plus loin ; mais ici il fait entendre le contraire ; car cette interposition d'une porte doit sembler une précaution à laquelle je n'aurai point songé, et qui viendra tout à coup déconcerter mes vues secrètes.

Ce que *je déclarai tout d'abord*, ce fut que cette expérience avait peu de chances, non point de réussir, mais d'être bien conduite ; j'en donnai la raison : il fallait amener la somnambule auprès de cette porte, je devais passer moi-même dans une pièce voisine, entr'ouvrir et fermer la porte plusieurs fois sans bruit pour communiquer les signaux, etc. Bref, certaines difficultés d'exécution étaient inhérentes à la marche de cette expérience ; aussi avais-je hésité à la faire

figurer dans mon programme. A la manière dont on a
vu la Commission conduire les expériences les plus
simples, on juge qu'avec elle, dans celle-ci, quelque
oubli, quelque malentendu devenait inévitable. Cela
ne manqua pas. L'expérience n'en grossira pas moins
le nombre de celles réputées manquées, et l'on dira :
« L'expérience ne réussit pas ; le magnétiseur objecte
» qu'il n'a pas compris le signal. »

» On va recommencer suivant des conditions plus
simples, puisque, malgré son programme, M. Berna
ne veut plus de cloison. »

C'était donc le programme qui avait arrangé ainsi
l'expérience. Au reste, cette cloison n'était nullement
une mesure de précaution ; c'était un moyen de rendre
le fait plus frappant, plus convaincant, et voilà tout.
Quant à ces conditions plus simples, voici comment les
entendait mon programme :

*Cinquième expérience. Obéissance à l'ordre mental de
ne plus répondre à une personne qui parle.*

*Pour faire cette expérience, on procédera ainsi qu'il
suit : deux ou trois personnes, mises en rapport avec la
somnambule, s'entretiendront quelque temps avec elle ;
puis, à un signal convenu, le magnétiseur agira, et celui
qui parlait alors, bien qu'il élève progressivement la voix,
ne recevra plus de réponse, tandis qu'elle continuera de
parler aux autres.*

*A un nouveau signal, donné peu de temps après le
premier, le magnétiseur rendra à la somnambule la faculté qu'il venait de lui enlever.*

Qu'on joigne à cela les précautions générales ordi-

naires (bandeau, silence absolu, absence de tout contact dès l'indication de l'expérience, choix de celle-ci
parmi nombre d'autres), et qu'on juge si un tel arrangement de l'expérience, si un tel ensemble de précautions
laissait quelque chose à désirer.

La Commission ne s'en inquiète point; elle prend
sur mon programme l'énoncé de l'expérience; puis,
sans jeter un coup d'œil sur le reste, ou sans prendre le
temps de le comprendre, elle veut, comme toujours, imaginer, improviser à sa manière: elle veut, par exemple,
me mettre à distance de la somnambule, m'en éloigner
de plus de quinze pieds, comme si, en demeurant auprès de celle-ci, j'allais, sous les yeux des commissaires,
être bien en état de la toucher à la dérobée; et puis,
il faut que je me tienne derrière M. Dubois, qu'il *me*
serve d'écran, qu'il me *cache, en partie du moins,
ma somnambule.* (Rapport.) En effet, si celle-ci ne
m'était pas *cachée, du moins en partie*, j'allais évidemment lui faire une foule de signaux qu'à travers son
bandeau elle saurait parfaitement saisir. Tout en ad-
mirant des mesures si pleines de sens et de réflexion,
j'y trouvai un inconvénient : inutiles à la garantie
de l'expérience, elles nuiraient peut-être à son succès;
la distance, l'interposition d'un corps animé pouvaient affaiblir ou dévier l'action de mon influx magnétique ou nerveux ; j'en fis la remarque: de là, des
explications, des reproches, des mouvements d'impatience : ce n'est qu'après un quart d'heure des débats
les plus vifs et les plus fatigants, que pressé, obsédé,
je consens, de guerre lasse en quelque sorte, à faire

l'expérience. Le calme, la liberté d'esprit étaient les conditions indispensables de sa réussite : on voit combien il devait m'en rester. Peut-on s'étonner qu'une expérience manque, quand on en a si bien préparé le succès ?

Quant à cette contradiction apparente dans le résultat, contradiction que M. Dubois se plaît à faire ressortir, il est très facile de l'expliquer.

On a vu que, livrée à elle-même, libre de toute influence de ma volonté, la somnambule pouvait, s'il s'était écoulé un assez long intervalle, ne plus entendre la personne qu'elle avait entendue, perdre son rapport avec elle et reprendre ensuite, également sans cause appréciable, ce rapport.

Aussi n'était-ce pas seulement pour rendre plus convaincante la paralysie de l'ouïe, c'était aussi pour un autre motif que le programme recommandait qu'on eût avec la somnambule une conversation suivie, que ce fussent deux ou trois personnes, et non une seule qui l'entretinssent. On devenait certain de cette manière que, si elle cessait de répondre, c'était, non à une des variations naturelles que je viens de signaler, mais à l'influence de ma volonté, que cet effet était dû.

Qu'arrive-t-il ici ? Avant toute action de ma part, la somnambule ne répond déjà plus à M. Bouillaud, c'est à dire que, dans le moment, elle ne se trouve pas être en rapport avec lui ; quelques minutes après, il l'interroge, et elle lui répond, bien que ma volonté ait agi en sens contraire ; c'est que ma volonté n'a produit aucun effet et a laissé le rapport libre de se rétablir,

par une raison quelconque, entre la somnambule et
M. Bouillaud.

« On passe à une autre expérience, toujours dans le
» même ordre de faits : Enlevez, écrit M. Bouillaud, la
» sensibilité à la main gauche de la somnambule. »

Enlever la sensibilité? mais ce n'était plus possible,
c'était fait depuis longtemps ; l'insensibilité était inhérente au somnambulisme. M. Bouillaud ne s'en doute
pas plus à la troisième séance que M. Dubois à la première.

M. Bouillaud corrige et met : « Rendez la sensibilité. » (*Voyez, pour les conditions de cette expérience,
mon programme, première expérience.*)

L'expérience commence donc : J'agis ; « mais tout à
» coup, s'écrie le rapporteur, et au grand étonnement
» de la Commission, M. Berna se ième, laisse là sa som-
» nambule, déclare à M. Bouillaud qu'il s'est trompé,
» qu'il a agi sur la main droite au lieu d'agir sur la
» main gauche; il se remet cependant ; la Commission,
» toujours impassible, le laisse faire. »

La Commission voit sans la moindre surprise se suc-
céder de sa part les erreurs, les méprises ; mais un moment de distraction, d'inadvertance de ma part la
frappe du plus grand étonnement. Au reste, ce grand
étonnement de la Commission s'explique : 1° il fait
image ; 2° il amène la Commission *toujours impassible* ;
3° il insinue que, dans cette action de se lever, en adres-
sant quelques paroles à M. Bouillaud, de se *remettre,*
il y a quelque combinaison préméditée, quelque signal
pour la somnambule. N'oubliez pas que l'expérience

n'a été indiquée au magnétiseur qu'au moment de la faire, et que dès ce moment, il y a eu, comme toujours, de sa part, silence absolu, et absence de tout contact.

M. Bouillaud acheva l'expérience tout aussi bien qu'il l'avait commencée. Après une ou deux minutes d'action, je lui donnai le signal convenu pour vérifier : il devait aussitôt piquer la main de la jeune fille, car il était dit au programme : « Ce retour de la sensibilité » étant un phénomène fugace, il sera nécessaire de le » constater aussitôt qu'aura cessé l'action du magné- » tiseur. » Il fallait donc piquer, M. Bouillaud n'en, fait rien, et se contente de parler à la jeune fille. Deux minutes s'étaient écoulées ; M. Bouillaud ne me semblant point encore disposé à piquer, je lui fais remarquer qu'il est inutile d'attendre plus longtemps, qu'il a oublié une condition essentielle, piquer immédiatement. M. Bouillaud s'emporte, et ne veut croire à la réalité de cette condition que quand je lui montre ces mots : « A l'instant même, MM. les commissaires, qui devront » s'y être préparés, piqueront la somnambule. » On vient de le voir, il fallait piquer immédiatement ; M. Bouillaud attend deux minutes et ne pique pas encore. Eh bien ! ces deux minutes sont ce que M. Dubois appelle le *temps nécessaire :* « Après le temps néces- » saire, dit-il, M. Bouillaud se dispose à piquer. » Je me récrie sur ce que M. Bouillaud parle à la somnambule sans la piquer ; de ce qu'il se contente de lui parler. Dans le rapport, je me récrie sur ce que « M. Bouillaud parle à la somnambule, tandis que, dans » ce moment, il ne fallait pas lui parler. »

Ainsi la Commission ignore tantôt les conditions, tantôt la nature même des expériences, et, grâce à ses méprises, trois ou quatre à peine, parmi celles tentées jusqu'ici, ont pu être, tant bien que mal, conduites à fin. Les commissaires se rendront-ils à la nécessité de les comprendre, de les étudier ? non, les commissaires concluront de leurs erreurs, « qu'ils sont suffisamment » éclairés sur un pareil ordre de faits, qu'ils ne sauraient » s'en occuper plus longtemps, qu'ils tournent toujours » dans le même cercle, et qu'ils ont poussé trop loin la » longanimité. » Mieux eût valu avouer franchement que ces expériences rendaient trop pénible ce que M. Roux appelait si bien la *corvée* de la Commission ; il fallut donc laisser là ces faits *vagues, immatériels, méta-physiques* (expressions des commissaires), et passer à d'autres plus *palpables,* à des faits de vision.

« Vous devez présumer, dit à ce sujet le rapporteur, » combien nous étions désireux d'assister à de pareilles » expériences : jamais rien de semblable n'avait été » tenté devant une Commission académique. »

Je me demande ce qu'ont dû penser d'une telle as-sertion et les commissaires de 1826, qui ont observé la vision somnambulique, et l'Académie royale de médecine qui se l'est entendu proclamer par eux, et enfin M. Dubois (d'Amiens), l'auteur d'une critique ou plutôt d'une diatribe contre ces mêmes expériences (1)?

_____

(1) Il est vrai qu'en écrivain impartial, M. Dubois a fait, parmi les expériences dont il s'agit, un choix très judicieux; parmi ces expériences il se trouvait des faits que la critique la plus sub-tile, que les interprétations les plus forcées ne pouvaient atteindre;

QUATRIÈME SÉANCE.

Vision somnambulique. — La somnambule distingue cer-
tains objets et ne voit pas les autres. — M. Dubois multi-
plie les omissions, les insinuations, les inexactitudes pour
faire de cette séance la digne clôture des travaux de la
Commission.

Pour des faits de vision, l'expérimentation allait
être des plus simples et des plus faciles. De quoi s'agi-
rait-il? de présenter à l'occiput d'un individu, des billets écrits, des cartes à jouer. Ici évidemment, nul accès
à la fraude : M. Dubois d'abord en convient presque.
« Nous n'avions plus, dit-il, à nous mettre en garde
» contre une foule de petites supercheries. » Les expériences, toutefois, n'en seront pas moins suspectes; c'est
un point capital. Le soupçon est impossible ; M. Dubois
l'avoue, mais cela ne l'empêche pas de l'insinuer par-
tout : c'est, par exemple, le contact que je pratique ouvertement, *malgré ce qui avait été dit au programme;* ce
sont les questions que je suis toujours seul à adresser à la
somnambule (*Nul de nous ne parlait dans cette séance...,*
le magnétiseur pose seul les questions..., la somnam-
bule est interrogée uniquement par le magnétiseur); c'est
enfin jusqu'à ce paquet de cartes apprêtées à l'avance,

M. Dubois les a prudemment mis de côté : tel est le fait de ce somnambule qui, pendant que deux commissaires tiennent leurs doigts
appuyés sur ses paupières, lit dans un livre ouvert au hasard,
distingue des cartes à jouer, etc. (*Voyez Rapport à l'Académie*
sur le magnétisme, 1831.)

officieusement comme dit **M.** Dubois, et qui rappelle les aiguilles apportées par **M.** Berna *lui-même*.

Que se passa-t-il dans cette séance?

La personne que je présentai devait pouvoir distinguer des objets ténus, des lettres, des cartes à jouer; elle l'avait fait souvent, elle l'avait fait la veille, elle ne l'a pu ce jour-là ; seulement elle vit les commissaires, reconnut leur nombre, leur position, leurs mouvements, leurs changements d'attitude, ainsi que les diverses situations d'un objet porté par l'un d'eux.

C'était trop peu, sans doute, pour frapper, pour convaincre; toutefois, c'était voir, et cela seul était déjà beaucoup trop pour **M.** Dubois; ces faits ne pouvaient que nuire à l'ensemble du rapport; aussi n'y figurent-ils point du tout, ou n'y figurent-ils que bien et dûment modifiés; en voici des preuves.

MM. Cornac et Roux avaient précédé leurs collègues chez moi de quelques minutes; aussitôt, et à ma demande, *ils appliquèrent eux-mêmes* des tampons de coton et un bandeau sur les yeux de la somnambule : ce fut donc *avant l'arrivée* des autres commissaires. Eh bien! au rapport, c'est *moi qui applique* le bandeau, et c'est *après l'arrivée* des commissaires *seulement* qu'il est appliqué. Quoi! dira-t-on ? le procès-verbal de cette séance n'a-t-il été lu ni à **MM.** Cornac et Roux, ni à leurs collègues? Il leur a été lu, répondrai-je, quinze jours après la séance, bien entendu; c'était, comme on le voit, tout autant qu'il en fallait pour qu'ils fussent très bien servis soit par leur attention, soit par leur impartialité, soit par leurs souvenirs; mais encore, le

rapporteur a-t-il pu se tromper ainsi ? Eh! sans doute,
et même rien de plus facile à expliquer, car tout s'explique dans le rapport, tout est puissamment motivé,
les réticences, les omissions aussi bien que les détails
les plus minutieux. Le bandeau mis par les commissaires
eux-mêmes, il eût été par trop absurde d'avancer que
la somnambule avait pu voir ou seulement cherché à voir
sous le bord inférieur de son bandeau; il fallait cependant tâcher de mettre à profit cette circonstance, qu'elle
avait levé la tête en examinant M. Dubois : ce sera donc
le magnétiseur qui aura appliqué le bandeau; du reste,
pas un mot ni des tampons de coton, ni de l'épaisseur,
ni de la couleur noire du bandeau. Nous avons bien vu,
dans une séance précédente, le bandeau décrit avec le
plus grand détail : il était très large, il cachait la plus
grande partie de la figure, on semblait dire qu'il des-
cendait jusqu'au menton ; cette description minutieuse
n'était nullement nécessaire alors, mais elle remplissait
les vues de M. Dubois; il n'en est pas de même ici : le
bandeau est la précaution capitale, unique; il est noir,
épais, ce sont les commissaires qui l'appliquent eux-
mêmes ; on y joint des tampons de coton ; il faut donc
être très laconique sur tout cela, et c'est l'être assurément que de se borner à dire : « Il (le magnétiseur)
» lui a couvert les yeux d'un bandeau. »

En second lieu, à peine les commissaires étaient-ils
réunis que, sur ma demande, la somnambule indiqua
exactement leur nombre en les comptant et désignant
chacun du doigt; elle ne pouvait l'avoir deviné. Je
ne pouvais lui avoir appris ce nombre à l'avance, puis-

que, ne prévoyant point l'absence de trois commissaires, MM. Émery, Pelletier et Caventou, je l'aurais nécessairement induite en erreur. Elle voyait donc les commissaires ; ce fait, bien que peu important, ne pouvait être ainsi rapporté ; c'est pourquoi il ne sera pas dit que la somnambule désignait chacun du doigt ; on fera oublier l'absence de MM. Émery, Pelletier et Caventou, et enfin on dira qu'elle n'a eu les yeux bandés qu'*après* l'arrivée des commissaires.

Au moyen de cet arrangement, voici ce que devient le fait :

« Le magnétiseur a commencé par demander à cette
» femme combien il y avait de personnes présentes.
» Plusieurs messieurs, répondit-elle, au moins cinq (1).
» Nous étions sept en comptant son magnétiseur.
» Ce fait était aussi bien connu de M. Berna que de
» nous ; ajoutons qu'elle-même devait savoir à quoi
» s'en tenir, puisqu'on ne lui avait bandé les yeux
» qu'*après* notre arrivée. »

Plus tard, les commissaires, ayant plusieurs fois changé de place, s'étaient assis, levés ; j'invitai de nouveau la somnambule à les désigner : elle montra M. Cornac, qui se trouvait alors assis vis à vis et loin d'elle, le coude appuyé sur un meuble ; elle indiqua toutes ces circonstances et se mit dans la même posture que lui. De ce fait, nulle mention dans le rapport.

Dans un autre moment, MM. Cornac et Oudet se trouvaient placés debout, derrière elle, M. Cornac à sa gauche et M. Oudet à sa droite ; interrogée par moi

(1) Elle précisa ensuite leur nombre.

sur ces messieurs, elle répond que l'un d'eux tient dans
sa main une carte , que c'est celui qui est à sa gauche ,
et qu'il tient la carte dans sa main droite. C'était exact.
Elle ne peut dire ce qu'il y a sur cette carte. Continuant
mes questions sur M. Cornac, j'invite la somnambule à
le dépeindre : Grand, brun, dit-elle, plus grand que vous
(elle se trompe par conséquent). La première partie de ce
fait, celle où la somnambule dit juste, n'est point dans
le rapport; la seconde, celle où elle se trompe, est men-
tionnée, bien entendu, et en ces termes : « MM. Oudet
» et Cornac se trouvaient alors placés derrière la som-
» nambule, celle-ci donne à entendre qu'elle distingue
» l'un de ces messieurs, M. Cornac. On lui demande si
» ce monsieur est grand.—Pas trop, dit-elle, pas aussi
» grand que vous ; c'était à M. Berna qu'elle répli-
» quait ; car elle ne s'entretenait qu'avec lui. »

Plus tard , interrogée encore sur la position actuelle
de M. Cornac , elle dit le voir derrière elle , appuyant
son coude gauche sur un meuble, et elle se met elle-
même dans cette attitude. De ce fait, encore nulle
mention.

M. Cornac, après lui avoir présenté une carte écrite,
qu'elle ne parvient pas à lire, substitue une bourse
à cette carte. Elle dit alors voir quelque chose de rond,
et n'en peut dire davantage. Voici comment s'exprime
à ce sujet le rapporteur : « M. Cornac tire de sa poche
» une longue bourse.—C'est quelque chose de rond, lui
» dit-elle. » La bourse était-elle enfermée dans la main
de M. Cornac? c'est probable ; mais M. Dubois a bien
soin de n'en rien dire ; car alors la bourse, quelque

longue qu'elle fût, devenait, dans ce moment, quelque chose de rond, et la somnambule ne se trompait pas.

Enfin je mis devant mon front ma main fermée, demandant à la somnambule ce que je faisais : elle mit son poing dans la même position. En répétant cette demande, je maintins mes mains devant mon front, comme pour le cacher; elle fit le même geste. A quelque temps de là, je fis de même divers mouvements qu'elle reproduisit. De tout ceci encore nulle mention.

Si je viens de rapporter ces faits, c'est moins par l'importance que j'y attache que parce qu'ils donnent la mesure de cette *exactitude*, de cette *impartialité dans le récit*, que M. Dubois promet si solennellement et avec tant d'à-propos, au commencement de cette séance.

Mais voici un fait qui a plus vivement préoccupé mon *impartial* critique, et sur lequel nous devrons aussi nous arrêter :

Dans un moment où je l'interrogeais sur la position des commissaires, la somnambule dit voir, à quelques pas d'elle, un monsieur, debout, penché..., qui tient quelque chose plus long que large..., qui écrit (M. Dubois écrivait, en effet, dans cette posture). Aussitôt il s'arrête. J'invite de nouveau la somnambule à l'examiner. Sur cette seule question : Que fait-il ? elle déclare qu'il n'écrit plus; qu'il tient dans sa main quelque chose de long... comme une plume... et que cette main se trouve pendante à son côté; en disant ces mots, elle laisse aussi tomber la sienne. C'était exact. M. Dubois vient se placer derrière elle, et à sa gauche, tandis que M. Cornac se trouve aussi derrière elle, et à

sa droite. Interrogée de nouveau sur la position de
M. Dubois, elle répond qu'il n'est plus à la même place,
mais derrière elle et à sa gauche. Je l'invite, en ces termes,
à le dépeindre : Examinez-le bien... Voyez-vous son
front?... ses yeux?... son nez?... sa bouche?...dépeignez-
le-moi. Elle cherche, et dit bientôt qu'il a devant les
yeux quelque chose qui avance, ce qu'elle tâche de décrire en fermant deux doigts de chaque main , et en
se les mettant devant les yeux ; or M. Dubois avait des
lunettes. Arrivée à sa bouche, elle dit qu'elle ne la voit
pas bien, qu'il y a *quelque chose de blanc et de long
en travers*. M. Dubois venait de mettre sa plume dans
sa bouche.

Analysons ce fait :

La somnambule dit voir une personne écrivant à
quelques pas d'elle ; le bruit de la plume l'aura avertie
qu'on écrivait, je le veux bien. Elle aura deviné que
M. Dubois était debout et non assis, qu'il était penché,
je le veux bien encore. Mais il cesse d'écrire, conserve
sa plume dans sa main, et laisse tomber celle-ci ; le bruit
de la plume cesse ; la somnambule en conclut qu'on
n'écrit plus, je l'admets encore ; mais qui lui apprend
que M. Dubois, au lieu de tenir toujours son bras devant sa poitrine, ou de lui faire prendre d'autres positions, le laisse tomber? qui lui apprend que M. Dubois
a conservé sa plume dans sa main, au lieu de la poser
soit sur le bureau, soit sur un autre meuble voisin , au
lieu de la mettre à sa bouche, comme il le fera tout à
l'heure? Qui lui apprend tout cela ? Le hasard, encore !
Avouons que, jusqu'à présent, le hasard la sert avec assez
de bonheur, et qu'il semble d'intelligence avec elle.

Enfin M. Dubois vient se placer derrière la somnambule, et met sa plume dans sa bouche ; elle fait entendre
qu'il a des lunettes, et déclare qu'il a *quelque chose de
blanc et de long en travers de la bouche* ; le hasard lui
aura-t-il encore appris ceci ?

Il était impossible de passer ce fait entièrement sous
silence ; il fallait donc s'attacher à le réduire, à l'a-
mender convenablement. M. Dubois s'en est, comme
toujours, très bien acquitté.

« Le rapporteur, chargé de prendre des notes, écri-
» vait en ce moment à deux pas de la somnambule. On
» entendait le bec de sa plume courir sur le papier ; la
» somnambule se tourne de son côté, comme pour le
» voir sous le bord inférieur de son bandeau. Son ma-
» gnétiseur lui demande *bien vite* si elle voit ce mon-
» sieur. Oui, dit-elle, il tient quelque chose de *blanc* et
» *de long*. Le rapporteur écrivait debout sur un papier
» plus long que large. »

Voyez comme, dès le début, le fait prend un as-
pect, une tournure convenables. *Le rapporteur écrivait à deux pas de la somnambule... On entendait courir
le bec de la plume... La somnambule se tourne, comme
pour voir sous son bandeau... Le magnétiseur lui demande* BIEN VITE... En même temps, on commence par
taire qu'elle voit le rapporteur debout et penché.
Poursuivons :

« Le rapporteur se rapproche alors de la somnam-
» bule, se place derrière elle, et met, cessant d'écrire,
» sa plume à sa bouche. »

M. Dubois abrège ici singulièrement. Ce n'est point

de suite qu'il a quitté sa place pour se mettre derrière la somnambule. Dès que celle-ci eut dit qu'elle le voyait écrire, il cessa de le faire pour la considérer attentivement, et laissa tomber la main qui tenait sa plume. La somnambule indiqua toutes ces circonstances ; mais il convenait de les cacher.

Le rapporteur continue son récit : « M. Berna s'em-
» presse encore d'interroger la somnambule dans le
» même sens, c'est à dire sur des faits dont il a connais-
» sance aussi bien que nous. Voyez-vous toujours, lui
» dit-il, ce monsieur qui est placé derrière vous?—Oui,
» dit-elle. — Voyez-vous sa bouche ? — Pas trop bien.
» Pourquoi ? — Il y a *quelque chose de blanc et de long*
» *en travers.* »

J'ai interrogé la somnambule d'une tout autre manière. Cette question : « Voyez-vous la bouche de ce monsieur ? » je ne la lui ai point faite ainsi *ex abrupto ;* j'ai eu soin de lui adresser d'abord et tout naturellement ces questions préliminaires : « Voyez-vous son front?... ses yeux ?... son nez ?... » Sans cela, on aurait pu soupçonner ma question sur la bouche d'être pour elle un avertissement, un indice qn'il y avait là quelque chose de particulier ; c'est une conjecture dont M. Dubois ne devait pas se priver. A la vérité, ces questions préliminaires la lui interdisent, mais il a recours à son moyen familier, il les supprime ; c'est pour lui la chose du monde la plus simple. Puis, avec un naturel inimitable, un étonnement plein de bonté, il me blâme d'avoir trop spécialisé la question, d'y avoir mis la réponse. « M. Berna, dit-il, adresse, sans le vouloir

» assurément, une question trop spécialisée. La Com-
» mission aurait désiré que M. Berna, qui ne sentait
» pas sans doute la portée de sa question, lui eût donné
» un sens plus général. »

Rien n'empêche alors M. Dubois de développer avec
complaisance sa conjecture. « Pourquoi dire de suite :
» Voyez-vous sa bouche?—Qu'est-ce qu'il y a donc à sa
» bouche? pouvait aussi se demander la somnambule; il
» vient d'écrire, il vient de se placer derrière moi en écri-
» vant, il n'écrit plus : serait-ce sa plume qu'il aurait
» placée dans sa bouche?

» Ces réflexions nous sont venues tout aussitôt à
» l'esprit. »

D'où vient donc qu'à l'issue de la séance M. Dubois
ne trouva d'autre objection à m'adresser sur ce fait que
celle-ci : « La somnambule n'a pas dit une plume, mais
» seulement *quelque chose de blanc et de long.* » C'est
qu'apparemment il lui fallait le temps *d'arranger tout
cela.*

En résumant ces réflexions, le rapporteur s'exprime
ainsi :

« Trois circonstances enlèvent à la réponse de la som-
» nambule toute valeur, dans le sens magnétique :

» 1°. C'était un fait connu du magnétiseur; il y avait,
» entre lui et la somnambule, contact physique évident;
» 2° la question lui mettait le doigt sur la chose; 3° elle
» avait fait une tentative pour distinguer le rapporteur
» sous son bandeau. »

Quant à la première circonstance, le contact *physique,* j'attends que M. Dubois veuille bien entrer dans

quelques développements à ce sujet. Il nous montrera sans doute comment ce contact improvisait une sorte de langage à l'aide duquel je dépeignais à la somnambule l'objet que lui, M. Dubois, venait de placer dans sa bouche.

Quant à la seconde, on vient de voir qu'elle est de l'invention du rapporteur.

Reste donc « *la tentative pour distinguer le rapporteur sous le bord inférieur du bandeau.* » Mais a-t-elle pu voir sous ce bandeau ? a-t-elle seulement pu croire que cela était possible ? Voilà toute la question, et c'est aux commissaires qui ont eux-mêmes appliqué les tampon set le bandeau, c'est à MM. Cornac et Roux de répondre.

D'ailleurs, lors même qu'elle eût pu voir sous son bandeau, qu'aurait-elle distingué ainsi ? M. Dubois placé à côté d'elle ? Or, il s'agit ici de M. Dubois placé derrière elle quelques minutes après, et mettant, *alors seulement,* comme il le dit lui-même, sa plume dans sa bouche. Le même coup d'œil qui lui aura appris ce que le rapporteur faisait à côté d'elle lui aura donc appris en même temps ce qu'il allait faire ensuite derrière elle.

Ainsi, des trois objections sur lesquelles M. Dubois se fonde pour ôter à ce fait *toute valeur magnétique,* la première est absurde, la seconde repose sur un fait dénaturé, la troisième aussi, et en admettant le fait vrai pour cette dernière, elle n'est encore elle-même qu'une absurdité.

De tous les faits qui précèdent, si les uns n'ont point trouvé place au rapport, si les autres n'y sont entrés que mutilés, en revanche l'espace n'a point manqué aux faits négatifs. Là tout est détaillé avec un soin minutieux, les moindres incidents sont relevés, répétés, rapprochés de manière à exprimer le ridicule, et tout est décrit du même ton qu'on décrit une scène de tréteaux. Je n'ai pas à faire sentir toute la convenance, tout le bon goût, toute la dignité d'un tel langage, et j'arrive de suite aux conclusions tirées de cette séance.

Première conclusion : « La somnambule n'a absolu- » ment rien vu : » on efface des expériences la moindre trace de réussite, et l'on conclut très logiquement qu'aucune n'a réussi.

Deuxième conclusion : « La somnambule feignait de » voir ; elle voulait tromper : » cette conclusion n'importait pas moins que la première ; examinons-la :

« Tout ce que cette femme savait, tout ce qu'elle » pouvait inférer de ce qu'on venait de se dire auprès » d'elle, tout ce qu'elle pouvait naturellement sup- » poser, elle le dit les yeux bandés ; d'où nous » conclurons d'abord qu'elle ne manquait pas d'une » certaine adresse. » (Suivent quelques exemples à la façon du rapporteur, qui lui font ajouter) : « D'où » nous conclurons que ladite somnambule, plus adroite, » plus exercée que la première, savait faire des suppo- » sitions plus vraisemblables. »

En rétablissant la vérité de ces faits, j'ai montré que la somnambule n'était pas plus en état de soupçonner le nombre des commissaires, leurs attitudes, leurs mouvements, la plume dans la bouche de M. Dubois, qu'elle n'était en état de soupçonner les caractères écrits, les cartes à jouer ; il n'a donc fallu de sa part ni

adresse, ni *exercice* pour désigner exactement ce qui le
fut en effet. On me demandera sans doute pourquoi, si
elle voit réellement les commissaires, elle ne voit pas
pareillement des caractères d'écriture, des cartes à
jouer, etc? Je pourrais me borner à répondre que je l'i-
gnore; mais je ferai remarquer que les uns devaient
être plus faciles à distinguer que les autres; or, il peut
bien arriver dans la vision somnambulique ce qui arrive quelquefois dans la vision ordinaire, qu'on possède la faculté seulement à un faible degré et de manière à ne saisir que ce qu'il y a de plus apparent, de
plus palpable, en quelque sorte, dans les objets.

Trouverons-nous ailleurs des marques de mauvaise
foi plus convaincantes? En voici, selon le rapport, de tout
à fait irrécusables : écoutons-le :

« Mais pour ce qui est des faits décisifs, péremptoires,
» non seulement ils ont manqué et complètement man-
» qué, mais ils sont de nature à faire naître d'étranges
» soupçons sur la moralité de cette femme. » Et plus loin :

« Mais ici une réflexion plus grave a préoccupé vos
» commissaires : admettons pour un moment cette hypo-
» thèse, d'ailleurs fort commode, etc., que conclure
» à l'égard de cette femme, de la minutieuse description
» d'objets autres que ceux qu'on lui présentait? que
» conclure d'une somnambule qui décrit un valet de
» trèfle dans une carte toute blanche; qui, dans un jeton
» d'Académie, voit une montre d'or, à cadran blanc et à
» lettres noires, et qui, si l'on eût insisté, eût peut-être
» fini par nous dire l'heure que marquait cette montre? »

Que conclure? Précisément tout le contraire de ce

que conclut M. Dubois; car ce qu'il invoque ici comme le
plus puissant argument contre la bonne foi du sujet
est justement ce qui l'établit le mieux. Prenons la
carte pour exemple.

Cette expérience vient du magnétiseur. Il y a songé
avant la séance même, puisqu'il a proposé des cartes dans
ce but; la somnambule est donc prévenue qu'on lui pré-
sentera des cartes à jouer : elle sait très bien qu'il n'y
aura là ni supercherie, ni hasard à espérer (le jeu est
de cinquante-deux cartes), elle est certaine qu'elle se
trompera; qu'a-t-elle de mieux à faire ici? se taire
évidemment. A la vérité, elle pourra bien feindre
des hésitations, des recherches; mais, en définitive, elle
se gardera bien d'arriver à une désignation précise,
assurée qu'elle est de se tromper et ainsi de se nuire plus
qu'en gardant le silence ; par conséquent, plus sa description s'éloigne de la vérité, plus il est évident
qu'elle est de bonne foi, qu'elle est dans l'illusion,
qu'elle s'abuse elle-même; car, encore un coup, on ne
comprendra jamais que cette femme, si attentive, si
bien dressée à jouer son rôle, suivant M. Dubois, fasse
précisément tout le contraire de ce que ce rôle lui
prescrit.

*Que conclure de cette description minutieuse d'objets
autres que ceux qu'on lui présentait?* que conclure?
Eh! mon Dieu, ce que vous eussiez conclu s'il ne s'était
pas agi de magnétisme, ce que vous concluez tous les
jours des mêmes faits chez ceux qui rêvent, qui songent,
qui délirent, qui sont hallucinés, qui ont enfin, par une
cause quelconque, le système nerveux surexcité. Le

somnambulisme naturel ou artificiel , c'est à dire magnétique, est une sorte de crise nerveuse ; serait-elle
donc la seule où l'imagination s'exaltant ne pût jeter
du trouble dans les perceptions et mêler des fantômes
à des réalités ? non, sans doute : à côté des traits de
lucidité les plus marquants , on observe chez tous les
somnambules de semblables illusions , et il n'en est
peut-être pas un seul qui ne présente d'un moment à
l'autre ces trois états : voir , ne pas voir, voir ce qui
n'est pas (1).

Je résume enfin ce qui s'est passé dans cette séance.

1°. La somnambule a été interrogée sur des objets
difficiles à distinguer, sur des caractères d'écriture, des
cartes à jouer; etc. : elle n'a pu les voir ; elle ne l'a pu,
non parce que ces objets m'étaient inconnus , ou qu'il
lui était impossible de les soupçonner, mais tout sim-

(1) Quelques uns, toutefois, conservent longtemps et sans mélange
un haut degré de lucidité : telle est une des somnambules citées
dans ma thèse (*Exp. et consid. à l'appui du magnét. anim.*,
dissert. inaug. Paris, février 1835). Telle est une autre personne
que je magnétisai depuis, et qui ne cessa de me donner des preuves
d'une clairvoyance vraiment extraordinaire. Elle saisissait ma
pensée, distinguait tout ce qu'on lui présentait et quelquefois
voyait à distance. Elle lisait couramment plusieurs lignes, tantôt
d'un livre ouvert au hasard et inconnu d'elle, tantôt d'un
écrit très peu lisible et que je connaissais seul, etc. Des témoins
très recommandables pourraient attester ces faits. J'ai mentionné
quelques uns de ces derniers dans mes leçons à l'École pratique sur
le magnétisme (voyez *Gaz. méd.* et *Gaz. des hôp.*, janvier-février
1837). S'il m'était permis un jour de les publier en détail, c'est à
dire tels que je les ai recueillis, ils formeraient, sans contredit,
une des histoires les plus étonnantes de somnambulisme magnétique.

plement parce qu'ils exigeaient un degré de clairvoyance qui, ce jour-là, lui manquait.

2°. La somnambule a été interrogée sur des objets plus apparents, des modifications plus palpables, des changements de position, des mouvements, etc.; elle a répondu juste le plus souvent, et cela, non point parce que ces faits étaient connus de moi ou qu'elle pouvait les supposer, mais parce qu'il y avait moins de difficulté à les saisir que les précédents.

Il y a donc eu des faits positifs et des faits négatifs. Prévenus comme ils l'étaient, les commissaires n'ont été frappés que de ces derniers, cela devait être; pour les autres, M. Dubois a su les leur faire oublier ou introduire dans leur description, ce que ses collègues étaient si disposés à y accueillir, la possibilité d'un hasard ou d'une supercherie.

Au reste, c'était sur d'autres faits que j'avais fondé mon espoir de convaincre les commissaires; ceux qui m'avaient manqué dans cette séance, les aurais-je obtenus dans d'autres, soit chez cette même somnambule, soit chez ceux qui me restaient à présenter? Je n'en doute nullement.

RÉSUMÉ ET CONCLUSION.

Je terminerai mes observations sur le rapport par un rapprochement rapide des points que j'ai développés.

L'Académie accueille avec une sorte d'indignation ma proposition de lui montrer des faits magnétiques. Il semble qu'elle l'accepte comme un défi dont elle compte bien me faire repentir, et, à cet effet, me met aux prises

avec les plus grands adversaires de la vérité que je veux
démontrer. Ceux-ci, moins un, sont seuls désignés pour
voir mes expériences ; si on leur adjoint deux ou trois
membres sans opinion arrêtée (MM. Cornac, Pelletier
et Caventou), c'est d'après le vœu de ces derniers.

Conséquents avec l'esprit qui les a réunis, les commissaires choisissent pour interprète de leur jugement
celui d'entre eux qui s'est le plus violemment prononcé
contre l'objet de leur examen.

Le rapporteur déclare faussement que la Commission
renferme des partisans du magnétisme et confesse, plus
tard à quelqu'un, qu'il s'est servi à cette fin d'un petit
artifice, *pour faire valoir son rapport.*

En présence d'une Commission dont l'hostilité est
flagrante, je comprends qu'au soin de produire des
faits irrécusables il me faut ajouter celui de la forcer
à les bien voir et à les bien rapporter. Je prévois qu'elle
ne se montrera nullement exigeante sur les conditions
à imposer aux faits (1), afin de découvrir qu'elles ont
manqué : je me persuade qu'il suffit, contre un tel
danger, de rechercher moi-même ces conditions, d'en
faire un exposé ou programme que la Commission dis-
cuterait et de ne rien entreprendre avant qu'elle l'ait
agréé.

Les commissaires entendent la lecture de ce programme, ils en reçoivent chacun un exemplaire. Nulle
objection ne s'élève sur ce qu'il renferme, et pourtant

(1) Faites cela sans façon, comme quand vous voulez amuser
une société. (M. Roux.)

on le repousse. On motive une fin de non-recevoir sur des raisons frivoles et même puériles ; je les réfute par une lettre , et l'on ne répond à mes instances que par des marques d'impatience et des paroles d'une prévention invétérée : cependant mon opiniâtreté semble l'emporter ; on s'engage verbalement. Je commence et l'on agit comme si l'on avait rien promis. Les séances se succèdent avec désordre , les procès-verbaux demeurent en germe dans la mémoire du rapporteur ; quand enfin, forcé de les mettre sur le papier , il se décide à nous en donner lecture, les infidélités qu'ils renferment, les lacunes qu'ils offrent , une forme malveillante ont presque entièrement défiguré les expériences. Je réclame · tout d'abord contre les inexactitudes qui se pressent dans la bouche du rapporteur ; la Commission , tout entière et avec empressement, m'impose silence par cette réflexion quelque peu ridicule : *Nous voulons entendre de suite tous les procès-verbaux pour juger de l'ensemble.* Une fois ce besoin d'ensemble satisfait, vient le tour d'une révision bien nécessaire ; je la propose de nouveau , mais on me rit au nez et chacun se retire. Toutefois, voulant encore tirer parti de moi, M. le rapporteur me leurre d'une révision toujours prochaine et toujours reculée, jusqu'au moment où , riche de matériaux , il croit pouvoir en composer un ensemble digne des regards de l'Académie. Arrivé là , j'obtiens de lui un refus qu'il ne se donne même pas la peine de motiver.

Cependant le rapport se rédige. Les commissaires y deviennent des hommes *impartiaux, de bonne foi , sévères dans l'observation, consciencieux , narrateurs*

fidèles; puis, mon programme y est dépecé; quelques
uns de ses lambeaux, attribués à ces messieurs, leur
donnent l'air d'avoir imaginé quelque chose; d'autres
figurent un joug sous lequel je me suis débattu; d'autres sont restés ma propriété, mais, par la transposi-
tion des négatives, ils tournent à ma confusion; d'autres enfin sont jetés dans l'oubli comme d'un emploi
dangereux. Arrive la description d'une première expérience : c'est une jeune fille qu'on pique éveillée, et
qu'on dit n'avoir point accusé de douleur ; de là, trois
conjectures absurdes à l'usage de ceux qui n'oseraient
soupçonner M. Dubois d'avoir simulé la piqûre non
sentie. Vient ensuite une expérience de la façon du
rapporteur (piquer le menton), qu'il transforme en
l'une des miennes, à l'aide d'une simple préposition
(*sous* le menton). A cette expérience, en succède une
autre tout à fait méconnaissable, arrangée en tour de
passe-passe, et que termine cette exclamation : *Voilà la
sensibilité recouvrée.* Celle-ci fait place à une quatrième,
qui donnerait à penser, si M. Dubois n'y mettait pas
la main : c'est la paralysie des deux membres droits à
la suite d'un ordre mental intimé à un seul. On trouve,
pour correctif de ce fait, l'insinuation d'un contact
préalable et significatif du magnétiseur avec la somnambule, et la réflexion que celle-ci ne pouvait être
l'objet que de *cinq* expériences, au lieu d'une *quaran-
taine* indiquée au programme. Aux expériences faites,
s'ajoutent dans le rapport les expériences projetées par
la Commission, et ces dernières, bout d'oreille de la
fable, nous apprennent à la fois et que M. Dubois

n'entend rien aux faits qu'il veut décrire, et qu'il aime beaucoup à dire autre chose que la vérité. Ainsi, après avoir répété que je donnais ma somnambule pour insensible, et l'avoir vérifié, il oublie bientôt que nul ne perd ce qu'il n'a plus, raconte qu'on m'enjoint de la priver de sensibilité, assure que je m'y refuse, et me fait trouver à ce surprenant refus un motif différent de celui qui frappe tout le monde.

Un autre ordre de faits se présente : *Vision sans le secours des yeux*. Ici, redoublement d'*exactitude*, de *scrupule*, d'*impartialité*, de *bonne foi*, amour du vrai poussé jusqu'à l'état fébrile. Preuves :

1re *preuve :* mettre que le bandeau fut appliqué seulement au moment où tous les commissaires furent arrivés, afin que la somnambule en pût dire le nombre sans inconvénient.

2e : ne point rappeler, pour la même fin, que trois d'entre eux manquaient.

3e : dire que M. Berna appliqua le bandeau, afin qu'on le puisse croire mal appliqué, et afin que ce ne fût pas sans succès que cette femme, qui *ne manquait pas d'une certaine adresse*, tenta de voir sous le bord inférieur de ce bandeau.

4e, 5e, 6e, 7e, 8e et 9e : omettre qu'elle a indiqué du doigt la place qu'occupait chacun des six commissaires présents ;

10e : qu'elle a indiqué de même une nouvelle place que M. Cornac avait prise vis à vis et loin d'elle ;

11e : qu'elle a su reconnaître qu'il était assis;

12e : qu'il s'appuyait en même temps le coude sur un meuble.

13ᵉ : omettre qu'elle a dit plus tard qu'il se tenait alors derrière elle,

14ᵉ : à gauche,

15ᵉ : ayant une carte

16ᵉ : dans la main droite,

17ᵉ : le coude gauche appuyé sur un secrétaire;

18ᵉ : que M. Oudet se trouve aussi derrière elle,

19ᵉ : mais à droite,

20ᵉ : sans tenir de carte à la main;

21ᵉ : qu'elle s'est mis devant le visage sa main fermée, indiquant ainsi ce que je faisais alors;

22ᵉ : qu'elle a indiqué de la même manière mes mains étendues devant ma figure,

23ᵉ : et qu'elle a reproduit d'autres mouvements.

24ᵉ : omettre que M. Dubois, à côté d'elle, est debout,

25ᵉ : penché;

26ᵉ : qu'ayant cessé d'écrire, il tient son bras pendant sur son côté;

27ᵉ : que, dans cette position, sa main droite n'a pas quitté la plume;

28ᵉ : que, s'étant placé derrière elle, il s'est mis à sa gauche.

29ᵉ : omettre encore qu'avant de lui adresser cette question : Voyez-vous sa bouche? j'ai fait les questions suivantes : Voyez-vous son front?

30ᵉ : ses yeux?

31ᵉ : son nez?

32 : qu'à la question relative aux yeux, elle a fait entendre qu'elle y voyait des lunettes;

8

33ᵉ : que les trois questions qui précèdent celle-ci : Voyez-vous sa bouche? lui ôtent ce qu'on se plaît à lui trouver de trop significatif, de trop spécialisé, qu'elle ne mettait nullement *le doigt sur la chose*, et conséquemment que la découverte d'une plume en travers de la bouche demeure un fait qui doit scandaliser M. Dubois (1).

Toutes ces omissions, toutes ces erreurs, que commande à l'écrivain de la Commission son devoir de *narrateur fidèle*, devoir qu'il évoque de page en page d'un air si pénétré, sont rachetées par une foule de détails sur lesquels il répand une grace infinie et une gaîté tout à fait académique. Cette alliance de tant de laconisme avec tant de diffusion aurait lieu d'étonner si l'on ne songeait que cet homme, habile non moins que scrupuleux, a dû harmoniser son rapport comme un tableau. Sur la toile, quelques objets seulement reçoivent le fini du pinceau; les autres cachent dans une ombre savamment nuancée des formes à peine ébauchées. Mais tout, formes et ombres, se subordonne à un effet général, libre conception du génie, sur le choix duquel le peintre non plus que M. Dubois ne doit aucun compte à personne. Si nous voulions poursuivre cette analogie entre l'art de peindre aux yeux et l'art de peindre à l'ame, nous verrions que l'un et l'autre donnent à chaque sujet un ton, une teinte qui lui est propre. Ainsi, dans le rapport, ce

(1) Ainsi, pour une seule séance, trente-trois omissions qui, la plupart, sont autant d'expériences passées sous silence. En faisant la même récapitulation pour les trois autres séances, on dépasserait la centaine.

ton, cette teinte, c'est une suspicion non interrompue. L'esprit du lecteur y est maintenu dans une constante défiance du magnétiseur. Cette défiance est, à chaque instant, tenue en haleine par un mot, une épithète, une phrase construite d'une certaine manière, un de ces puissants riens que possèdent seuls les grands écrivains. Puis le nôtre la stimule, cette défiance, l'avive par des propositions sourdement accusatrices, placées en relais habilement ménagés, telles que celle-ci :

« *Vous le sentez, Messieurs, on pourrait s'arranger* » *ainsi avec les gens du monde, etc.* »

Ou : « *Nous n'avions pas la bonhomie, malgré les termes du programme...* »

Ou : « *M. Berna en avait assez, ainsi que la somnambule...* »

Ou bien encore : « *Ladite somnambule plus adroite, plus exercée que la première...* »

D'autres propositions, moins circonspectes, rappellent quelque peu les dossiers de la Cour d'assises, comme celle-ci :

« *La Commission, bien que convaincue du but où l'on veut l'amener, etc...* »

Ou : « *Ils sont (les faits) de nature à faire naître d'étranges soupçons sur la moralité de cette femme.* »

D'autres propositions encore ne provoquent qu'un mépris plein d'hilarité, exemple :

« *Toutes choses bonnes, comme on dit, pour amuser le tapis, pour intermède obligé.* »

Maintenant, pour en finir avec M. Dubois et son rapport, je n'ai qu'à conclure. A cet effet, je me contenterai d'inviter le lecteur à revoir ma lettre à l'Académie, dans laquelle je proteste contre le secrétaire de la Commission. Lue en tête de ma réfutation, cette lettre en est le sommaire ; relue ici, elle en sera la conclusion (1).

(1) On sait que la Commission imagina de faire un appel solennel à toutes les personnes qui s'occupent de magnétisme. Cet appel ne fut point entendu. Et comment l'aurait-il été? « Je sais très bien, » disait à ce sujet M. Husson, dans son éloquente réplique au rapport (22 août 1837), « je sais très bien que si j'avais » été magnétiseur, et que si j'avais connu votre appel comme je » crois connaître les dispositions de vos esprits, je me serais » bien gardé d'y répondre : quel est, je le demande, l'homme le » plus innocent qui ira volontairement se présenter devant un tri- » bunal où il est certain qu'il trouvera des juges qui ne sont pas » impartiaux, et un avocat général qui *se sera déclaré en état* » *d'hostilité* contre lui? » Au reste, le prix institué par M. Burdin a porté la question devant une Commission nouvelle. Celle-ci, du moins, renferme un partisan du magnétisme (M. Husson); aussi plusieurs médecins ont-ils répondu. L'un d'eux, M. Pigeaire, est sur le point d'arriver à Paris avec sa fille, âgée de 12 ans, qui, suivant l'attestation des plus illustres médecins de Montpellier, possède à un haut degré la vision somnambulique. M. Dubois peut donc se tenir tranquille. Il existe *encore des magnétiseurs;* ils *osent même se produire* au grand jour, et, malgré ses honorables et glorieux travaux, on n'en a point encore tout à fait fini avec le magnétisme animal.

FIN.

TABLE DES CHAPITRES.

Milton Keynes UK
Ingram Content Group UK Ltd.
UKHW040654231024
449953UK00005B/29